# 不上班去釀酒

藍麗娟

## 葡萄園教我人生四堂課

【自序】

# 如果你心中一直有一個夢！

「除了工作與睡覺，我的人生還剩下什麼？」「我的夢想被丟到哪兒去了？」「我要過一個有遺憾的人生嗎？」去年，身爲雜誌社資深記者的我，對自己首度提出質問。

高中時，我是西班牙畫家Goya迷。曾經，我立志當畫家，後來卻像大多數人一樣，走著主流與實際的路。在職場待了八年，縱使有倦意、身心俱疲，卻不敢暫離職場，追尋夢想，因爲心裡的現實力量總會拉住我——「萬一沒了工作？萬一不能升遷？萬一……」我下意識地壓抑，總覺得只要把工作忙完，到某一個退休的年紀，就可以繼續曾有的夢想。

然而，去年年初，卻發生了一件事，改變了我。

**一切都來得及嗎？**

在高中時教我畫畫、標誌著我畫家夢的繪畫老師簡建興，竟然得了肺腺癌，五十二

歲的他是個才華洋溢，一手畫畫，一手室內設計的工作狂，發病之前，還同時修兩個EMBA。

我清楚記得，老師在治療時，我常在深夜下班後去看他、幫忙照顧他。在台大癌症病房的幽暗角落，老師說著他此生最喜愛的地方：義大利托斯卡尼（Tuscany），而師母一邊按摩著老師的背，一邊喃喃地說：「你一定要好起來啊！你說你要再帶我去托斯卡尼的！」我跟老師約定，等到老師痊癒了，要出版一系列的「簡老師說故事」，老師畫圖，我寫文字。我相信一切都來得及！只要努力！

但是，無論劇情怎麼走，結局卻是注定的。

三月七日星期日，我一如往常在雜誌社加班，卻接到老師的惡耗，久久無法置信。我以爲，只要我認眞按摩他腫脹的腳、爲他拍背、吃藥，他一定會奇蹟似的好轉的！我明明看到他的病情愈來愈有起色的！怎知道無論我怎麼做，卻依然徒留遺憾的人生。環顧矗立建國南路邊，我工作了七年的財經雜誌社辦公室，一連串想法頓時跳進腦海：「難道我也要過一個有遺憾的人生嗎？」

我想起我最親愛的大姐，移民紐西蘭八年，我總是在採訪空檔接起她的電話，對她說：「對不起，我沒辦法去紐西蘭看妳，我們眞的很難請長一點的假！」爸媽老了，我卻從沒有機會陪他們出去玩；我總是嚷著要提升英文聽說能力，卻擔心採訪時間不固定

而不敢到美語補習班報名上課；我想好好的閱讀與休息，與自己相處，發現真正的自己，好好調養自己的身體健康，這是以往的忙碌所無法兼顧的。

我好想放長假！

## 兩萬五千美金的長假

儘管我即將獲得升遷，我幾經思考，仍然鼓起勇氣辭職，這是我第一次向我工作七年的公司辭職。後來，上司以留職停薪的形式慰留我，於是我陪著爸爸到紐西蘭見姐姐，這是我成長以來第一回有目的地「認識」大姐與爸爸。

不料，兩個星期後，我打開電子郵件信箱，才發現台灣的基金業務員寫來的急件：我在二月時才申購的基金出了問題——香港的基金經理人操守不佳，將連同我在內的數百名台灣投資人的資金侵佔，香港證金會發現此事，台灣的代銷公司卻宣布倒閉，投資人求助無門——我的美金兩萬五千元積蓄（八十六萬元新台幣）就像丟進大海一樣，連個漣漪都沒看到。

當晚，我全身發冷、抖得厲害。我打電話給台灣的業務員，他一再向我道歉，我反而安慰他，這也不是他所能預料的。通話結束，我望著奧克蘭窗外闃靜的黑夜，眼淚直流，卻不敢哭出聲，怕驚動剛入睡的父親。我只記得我壓抑地哭，哭得全身無力，然後

告訴自己：「或許正是這兩萬五千美金換來我的長假；如果我現在台灣，也許會再回去埋頭賺錢，但是現在的我在紐西蘭，我要因爲這件事而放棄長假嗎？與其將辛苦多年的積蓄如擲入大海般無聲無息，爲什麼不好好的在紐西蘭好好享用？」

我更加珍惜與父親及姐姐相處的機會，生活中有爭吵，有歡笑，也有了最深刻的近距離了解，我從他們身上看到我性格裡憂鬱與壓抑的痕跡，第一次發現：我們果然是一家人。

## 我看到自己的恐懼

沒想到，過了兩個月，卻接到台灣打來的一通緊急電話：媽媽進了加護病房，緊急開刀。我與大姐陪著爸爸回台灣照顧母親，以擔憂、苦惱與壓力結束了我的假期。

我沒預料到的是，從此，我的留職停薪期間不斷延長。好不容易，幾個月過去了，當母親終於病癒，我的身心狀態卻反而耗弱地無法重回職場。

我鼓起勇氣，二度請辭。最高主管卻說：「妳再想想吧！」當晚，我奇蹟的安睡，終結了幾個月的焦慮難眠，好似從沒有呼吸過自由的滋味。然而，隔天醒來，現實的力量又再度拉扯我，我不斷自問，我眞的就此不回到這個人人稱羨的財經雜誌社了嗎？萬一我離開太久，我還回得來嗎？

我看到自己的恐懼。

離開職場、單飛許久的一個朋友說，安定與焦慮的交雜狀態，將會持續一段時間。

我眞的確定不回去工作了嗎？

或是，我要過一個遺憾的人生嗎？

如果說，第一次到紐西蘭是度長假，那麼，第二次來紐西蘭，是爲了發現自己。

經過掙扎，我上網買了一張機票，隻身來到紐西蘭的一個葡萄酒產區：馬丁堡（Martinborough），繼續我的長假。

我想起上回到紐西蘭時，曾經在馬丁堡的酒莊品酒，那低矮的葡萄樹羞澀地在藍天下等待吸收養分，而我，正渴望像它們一樣飽含養分與糖分。儘管我並不懂酒，在台灣喝酒會起酒疹，但我相信，或許迥異的人文與環境能改變這一切，我相信我還有其他可能性。

「妳太衝動了吧！怎麼沒聽說妳要走！妳住哪裡？」朋友們聽說我沒銷假上班，反而來個急轉彎，獨自到紐西蘭的一個葡萄產區住下，因而咋舌不已，熱線詢問。

這一次，我不想再被現實拖回去，我要爲自己而活。我要找一個沒人認識的異鄉，好好休息，重新發現自己。

## 在冒險中發現未來與勇氣

於是，二〇〇四年十一月底，我從北半球台灣的冬季出走，來到南半球的紐西蘭夏天的馬丁堡，過一個我夢想的生活：認眞地生活、爲自己做菜、運動、出外騎車看葡萄園、品酒、自在地認識鎭上的人們。從酒莊老闆、釀酒師、葡萄園工作者、外籍勞工等無數動人的靈魂中，我重新發現勇氣、人生、夢想的偉大。我視每個可能的冒險爲此生唯一的機會：駕駛飛機、與海獅一起在海邊曬太陽、高空彈跳，在冒險中，更發現自己從未發現的潛力與勇氣。

當許多上班族自問：「我的人生就只是這樣嗎？」卻被主流價値與現實的框框綁住，不敢出走。而這段時間以來，我固然與現實不斷拔河，卻還是選擇掙脫許多「萬一」與「但是」，面對自己的生命狀態，在葡萄酒鄉過了一段沒有遺憾的歲月。

出版這本書，並非個人經驗分享，而是想藉由一段六年級生不斷逃避，但遲早要面對的歷程，呼籲讀者：誠實的面對自己，如果你心中一直有一個夢，那麼去吧！人生不應徒留遺憾！

夢想不在他方，夢想起於心中。（The dream is not out there, it starts from inside.）

——Neil McCallum, wine maker of Dry River Wines.

本書獻給：

先師簡建興，師母孫啓娜。他們不僅啓迪我的青少年歲月，更讓我的人生重新出發。

父親藍振章，母親張阿秀，姐姐藍艷麗，藍艷秋。三十多年來，家人是我最無怨無悔的支柱，也感謝姐夫張懿中、劉國輝，外甥劉子暘、弟弟藍祐丞一家人的支持。

感謝：張桂娟精準的企劃能力、高育維每日一通睡前電話、李香貞、蔡雅雯、蘇岱崙與李怡志協助敲開出版社大門、謝進益襄贊攝影、張培音與我一起從數千張照片中挑選十數張照片，最後眼睛紅腫。智慧夥伴陸弈靜、嚴啓慧「加持」能量、曾桂鈺熱情鼓舞、關耀輝分享經驗、褚炫初、林培元、林培眞的友情灌溉。高岱君的寬量。紐西蘭親戚孫國瑞慷慨分享、本興院的林友美、邱筱嵐、Maggie的關愛，詹耀仁的國際電話與芒果布丁。Thirty-something 讀書會、希望園區園丁嚴守仁與裔式慈的鼓勵。劉家容與陳必成的同學愛。鄭俐與葉雲雙姝綿綿不盡的期許與照顧。

感謝紐西蘭的 John Ansell 與 Iris Ansell 夫婦，尤其 Iris 的掏心掏肺，是這趟追尋夢想之旅的貴人。馬丁堡的 John 與 Marco 以及 Tony，讓我有機會在異國嘗到何謂文化衝擊，並從生命難題中吸收成長的養分。

最感謝的是大田出版社總編輯莊培園的慧眼。

2005/11/9 麗娟，台北南港。

ACCREDITED VINEYARD
SUSTAINABLE
NEW ZEALAND
WINEGROWING
135

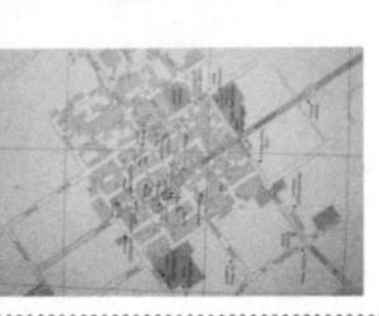

# 目錄

# 葡萄園教我的第一堂課

## 出發——渴望如葡萄般飽含糖分

←星期天，即將出發，
到威靈頓附近的葡萄酒產區馬丁堡住下。
天青，人少，葡萄在樹上吸收著天地的純淨。
那兒將是我的書房，
我會張開毛細孔，
和葡萄一起暢快地呼吸，
我會以放大鏡閱讀自身，
書寫每一個徬徨或感動的時刻。
待我像葡萄一樣飽含糖分，靜待釀製，
我將歸來，
為我初回的生命長假，
標誌一個圓圓的句號。

←

# 南半球不肯下山的太陽

當我動念要珍惜每一個生命片刻時，
我選擇了南半球的紐西蘭夏天，
長長的日照，正是我抓住每一個美麗時光的好季節。

「WILD AT HEART！」

從機上小窗向外看，靈動的毛利風格字體漆畫在ㄇ字型、白色的兩層樓紐西蘭威靈頓國際機場建築外觀，巨大、色彩繽紛，讓人不注意也難。

不需質疑，這句話一定是對我說的，因爲我有一個人人羨慕的長假：我要來找自己，我不再受羈絆的心即將在此狂野、在此釋放！

首都威靈頓的豔陽正在施放熱力，嗯，很好。

紐西蘭人總說：奧克蘭多雨；威靈頓多風。

三個小時前，我從台北經香港飛到紐西蘭的奧克蘭國際機場。

拖著背包出關前，我想像住在奧克蘭的友人，以及移民奧克蘭八年的大姐會來機場

看我，給我一個SURPRISE！然而，出了關，當周遭人們紛紛迎上一雙雙急切的目光，親吻、擁抱。我在一大片模糊的面孔裡蒐尋，卻找不到一對熟悉的眼睛。

想像中的熱淚接機畫面已然落空。

我一定是電影看太多！

奧克蘭的天空，下著陰霾的雨，我轉搭小巴士來到奧克蘭國內機場轉搭往威靈頓的國內班機。

坐在候機室，戶外的刺骨寒風卻不斷吹進室內。不知是因爲氣溫太冷，還是因爲心寒了，我凍得想流淚，「十二月的紐西蘭不是夏天嗎？奈ㄟ這麼冷？」一路上皆以英文與人交談的我，不由自主地在心中用閩南語怨艾起來。

背包裡遍尋不著禦寒衣物，我決定打電話給大姐。電話那頭的她，在自營的咖啡店裡忙得分身乏術，在電話中匆匆歡迎又道別。我囁嚅了起來，覺得自己好可笑：出發前不是勇敢的說，要一個人到酒莊住下的嗎？現在大家都成全我了，我孤獨了，不料，卻寂寞了。

威靈頓的風，強得令人發抖，儘管艷陽高照，畢竟不若奧克蘭的雨令人心寒。

## 這就是馬丁堡！

出關，我拎著大行李與背包四處張望，尋找上回來紐西蘭時，曾經在葡萄酒鄉馬丁堡見過的葡萄園主人約翰，他即將成爲我的寄宿家庭主人。

「妳是Goya嗎？」一名身穿POLO衫、牛仔褲，戴著黑色太陽眼鏡的男子叫住我，我嚇了一跳，眼前這個看起來像鄉村歌手的中年男人，怎麼會是印象中那個穿短褲、塑膠筒靴的紐西蘭農夫呢？

很難相信，但是他的確是。

「歡迎來到紐西蘭，我是John！」約翰一把提走我的大行李，穿過停車場，在一輛紅色BMW三門跑車前方停下來。

不會吧？哪一個台灣農夫開這種車啊？紐西蘭農夫都這麼騷包嗎？

會不會，威靈頓機場大廈外的宣傳文字：「WILD AT HEART！」其實是要向觀光客提醒紐西蘭人內在潛藏的騷包性格？

從機場到馬丁堡的車行時間大約一小時，一路上，盡是電影「魔戒」的中土景色：**氣勢磅礴的山形**、巨石遍布的溪流，我忙著讚嘆，誇讚紐西蘭隨處可見的美景，約翰淡

淡的說，紐西蘭人已經對此景司空見慣，應該更學會珍惜。

翻山越嶺，經過蜿蜒不斷的山路，在我幾近暈車之際，我們來到一個視野空闊的山丘上，四面是更高的丘陵，往下望，一排排青綠的葡萄園在盆地裡延展。羊兒在葡萄園旁的牧場上安靜地吃草，好一幅平靜的鄉村景緻。

這就是馬丁堡！超過二十四小時的轉機與奔波，我終於來到我的夢想起點！

## 証明自己的直覺

馬丁堡是紐西蘭數一數二聞名國際酒壇的葡萄酒產區。它位於紐西蘭北島南端的東邊，有著終年的豔陽照拂，乾枯的礫石土地是天然的排水系統。二十多年前，紐西蘭農業地質科學家研究發現，此區的天然條件等同於法國勃艮第（Burgundy），是種植 Pinot Noir 紅葡萄品種的絕佳地帶，因此，一群外來者進駐馬丁堡，種葡萄、釀酒，後來因爲連年釀出國際大獎好酒，吸引更多投資者進駐，造就葡萄酒莊遍布的榮景。

有趣的是，馬丁堡的葡萄酒產量雖只佔全紐西蘭的百分之三，所釀的 Pinot Noir 紅酒卻依然持續在倫敦、紐約、法國等國際葡萄酒競賽中屢創佳績，吸引不少觀光客來此

品酒、旅遊。

「聽說妳會起酒疹，怎麼還會想來馬丁堡？」約翰問。我說，我對葡萄酒向來有種異樣的嚮往，或許是葡萄從水果釀成酒的過程，那是一種美麗的轉換；儘管在台灣喝酒會起酒疹，但我想做一個實驗，證明自己的直覺：如果換一個迥異的氣候、空氣、水與土地上生活，或許，原有的過敏反應可能消失不見！

「那是當然的，紐西蘭的環境那麼天然、純淨！」他說完，接著問，「我覺得妳一個女孩子家隻身來此，眞的很勇敢，我自己都不一定做得到；只是，爲什麼妳要這麼做？」

我說，如果人生一輩子都要工作，那麼，我想要確認我自己的心意，我想找到自己，想知道自己還有什麼可能性，我不要在生命終了時徒留遺憾。

## 不肯下山的太陽

車子進入鎮上，每一間木造屋舍都有著美麗的花園，佔地大得出奇。這樣別致的農舍，在台灣恐怕算得上是房地產業者眼中的「豪宅」了。

寄宿家庭就在鎮上，三面葡萄園包圍一棟約三十坪的木造平房，一間車庫暨工具間，與一間大狗舍。我們從低矮的 BMW 紅色跑車爬出來，拖出行李，在起居室坐下

來，此時，我不經意地瞥見牆上的時鐘：天啊！晚上八點半！我驚恐地掐指一算，從星期天早上六點鐘起床趕往中正機場，至今我已醒著超過三十三小時，打破我的生理紀錄！

陽光下的葡萄園不斷向我頷首致意。我渾然不覺，這貪玩兒，不肯下山的太陽早已悄悄偷走我的時間感。約翰說，夏天的馬丁堡，陽光大約在清晨五點鐘升起，日落要等到晚上九點鐘以後。

我從北半球的冬天出走，來到南半球的夏天停泊。如果不是親身經歷，我這種亞熱帶國家來的人，眞的無法想像高緯度地區的漫漫長日。

我們烤了牛排，坐在日光下用晚餐。雖然烤焦了表皮，連鹽巴、胡椒都忘了撒，肉的滋味卻是甘甜的。兩隻老狗 **Jack** 與 **Ben** 湊過來搖尾巴，我一邊跟他們說話，眼睛卻不住望向遠方，紅紅的夕陽還在躲在防風林後面，貪玩、眷戀著不肯下山。我凝視著我不熟悉的南半球高緯度夏日陽光，眼睛痠澀起來，不知是因爲身體終於疲累了，還是因爲太過感動。

我來到我的房間，窗邊鋪著一張白淨床單的單人床，軟得令人想躺下，然而，此刻的我不想睡，因爲窗外的夕陽更吸引我。

或許，冥冥之中，一切自有安排。

當我動念要珍惜每一個生命片刻時，我選擇了南半球的紐西蘭夏天，長長的日照，正是我抓住每一個美麗時光的好季節。

此刻的我就像不想下山的太陽，興奮地不肯睡，眞的，我迫不及待地想要見識我的新生活將如何展現。

# 一顆質疑天命的葡萄

「有沒有可能，有一天，

連樹上的葡萄也質疑自己變成佳釀的天命？」

我佇立在一大片的葡萄園前大聲質問。

來到馬丁堡的第二天清晨醒轉；也許該說，我或許未曾沉睡。

我輕輕打開床邊窗簾向外望，天色未明，鄰房傳出窸窣之聲，想是房東約翰準備出門工作吧。

我昏睡過去。

再度醒轉已是十點半。床鋪軟綿綿地包覆我的身體，誘我繼續入睡，我拉開窗簾一角，差一點驚叫出來：「我做了什麼！」

窗外，澄藍天空下，三層樓高的樹群向天空勉力地伸展著枝幹，強風卻不停地玩弄枝葉，惹得樹群站也站不穩，不住搖曳。

眼前的窗框就是畫框，年初看過的電影「托斯卡尼豔陽下」般動人的鄉間景致就在眼前鋪展。

我喃喃自語：「感謝妳，爲自己做了這麼動人的選擇，在這個風景優美的葡萄園，爲自己的人生放一個長假！」

閉眼靜聽，好一瞬間，我誤以爲自己住在海邊：浪濤從遠遠的海上來，像是密謀奪下沙灘，沖向岸邊，登陸不成，退回海水中，再度捲浪重來。

睜開眼睛，暖陽照耀大地，整片不及人高的低矮葡萄叢，在陽光與風的照拂下，靜待成熟。

## 每個當下都是未來

萬物都有天命，眼前的葡萄樹叢，似乎也面對自己的天命。

還要多久，葡萄樹叢裡的葡萄才會轉爲佳釀？

是不是每一顆葡萄都能恬靜、安然地面對自己的天命？

會不會，其中有一顆大聲質疑自己的存在？伺機逃脫？

或是像我這樣，在專業新聞訓練與工作多年後開始自問：「這就是我要的人生與生活模式嗎？」「一輩子過這樣的生活，我眞的會快樂嗎？」

當一顆樹上的葡萄想要離開原生群體時，其實需要很大的勇氣。

而我，這種不顧現實的勇氣，就像一顆習慣群聚的葡萄，突然質疑起自己的天命。

我從不知道自己能萌發這股勇氣，那閃電似地從台北職場跑到一個紐西蘭葡萄酒鄉住下的我，是我從未認識、也是朋友們不熟悉的。

但是，它發生了。

我終於明白，一顆質疑天命的葡萄，可能在樹叢中不斷思索，與風對話，一日日漸趨成熟，飽含糖分地接受天命，創造佳釀；亦可能一躍而下，落在乾枯的土地上，安然地與大地為伍。

我要什麼樣的人生？

過去以工作為重心的我，想太多的未來，卻忽略了當下；追悔太多的過去，也忘了活出當下。

現在的我，渴望每一個當下的體會，每一個靜觀後的思索。

因為，每個當下，都是未來。

# 昏昏欲睡的小鎮

←誰能想到，

這一大片土地曾是「令人昏昏欲睡」的一片乾枯黃土？

更沒人想到，這一切改變來自於一群外來的葡萄酒熱愛者。

英國有愛丁堡、德國有海德堡、法國有史特拉斯堡；誰聽說過紐西蘭的馬丁堡？我雖不是品酒專家，卻嚮往葡萄酒鄉的生活；住不起法國酒莊，卻也能把握機會住在國際知名的紐西蘭葡萄酒產地馬丁堡。寄宿家庭主人約翰說，我是有史以來第一位住在馬丁堡的台灣人，也是唯一一位住在這裡的華人女生。這樣也好，也許哪一天我喝得醉醺醺，糗樣子就不會傳回台灣了。

如願住進來，我在美好的晴日，一步一腳印地徒步感受馬丁堡的風情。

徒步是自在的，我任意在路邊停駐，湊近葡萄樹，端詳十二月間，葡萄花才凋謝，米粒小的葡萄串窩在葡萄藤中，好似初生嬰兒吸吮母乳，不自覺地安詳睡著的模樣。明年四月，這些在陽光與強風下安靜地凝聚糖分、酸度的葡萄將滾進橡木桶內，釀成獨具水果香氣的紐西蘭葡萄酒。

走著走著，幾十分鐘過去了。天啊！全區三十七家葡萄酒莊，我才經過三家！我踮起腳，伸長脖子，大大小小的葡萄園與酒莊綿延到山丘，更遠處就是軟綿綿的白雲與澄藍的天空。這就是所謂的「一望無際」吧！

忽然，一名身穿白紗禮服的女子進入我的視線。她捧著紅玫瑰花，與身著三件式西服的新郎，從葡萄叢中探出頭來燦爛地笑著。「再來一遍！」攝影師在籬笆前喊了一下，接著，三名穿著鵝黃禮服的女子走進葡萄園合照。原來紐西蘭人也跟台灣人一樣拉開大隊人馬拍婚紗照啊？

眼前的葡萄園令新人趨之若鶩，誰能想到，這一大片土地曾是令鎮民望之興嘆、「讓人昏昏欲睡」的一片乾枯黃土？

這一切改變來自於一群外來的葡萄酒熱愛者。

二十六年前，這群人憑著想釀自己的酒的熱誠，翻山越嶺來到馬丁堡，尋找最適合圓夢的土地，他們當時走過的路，正是前幾天我所走過的同一條崎嶇山路。

我走在這群人曾經走過的普羅唐加路（Puratanga Road）與皇加路（Huangarua Road）沿河地帶，追隨他們當年，尋找適合種植葡萄好土地的足跡。

當時，他們是不是也像現在的我，試圖找到人生更多的可能性？

## 科學家的夢想結晶

一九七七年，土壤博士德瑞克（Derek Milne）研究發現馬丁堡與南島北端的馬爾堡（Marlborough）非常適合釀葡萄酒。後來，有機化學家耐爾（Neil McCallum）更指出，位於南緯四十一度的馬丁堡，在葡萄生長季節時的雨量在二百四十至四百五十公釐之間，每年降雨量不超過七百公釐；乾涸的河床土地具有超強的排水性，各種種植條件與法國勃艮第相近。研究結果引發這群夢想家的興趣，於是，他們來到這裡。

普羅唐加路上，每隔幾分鐘腳程，大小的葡萄園前懸掛著精緻的招牌，寫著品酒、品嘗美食的營業時間。

涸河酒莊（Dry River Wines）的綠色三角形典雅門框映入眼簾，天啊！我沒想到，來馬丁堡酒莊巡禮，我的足跡首先踏入的，竟是本地最聞名國際、酒品最具收藏價值的葡萄酒莊！而且，這正是最早來馬丁堡設立商業酒莊的，科學家耐爾的夢想結晶。

我想要入園品酒，才注意到門前的告示：「抱歉，我們只在每年二月與九月開放，所有的品酒與購買都需事先寫信或電話預訂。」

早在台灣時，我就聽說涸河的酒一推出總被經銷商搶光，來到這裡，果然觀光客只能望園興嘆！

◀有著綠色三角形門框的涸河酒莊，是馬丁堡最聞名國際且最具收藏價值的葡萄酒莊。

▼位於鎮中心的馬丁堡葡萄酒展售中心。

▲涸河酒莊前的告示寫著：「抱歉，我們只在每年二月與九月開放，所有的品酒與購買都須事先寫信或電話預訂。」

▶葡萄酒發源地的重要路標。

我繼續沿普羅唐加路走，只見大名鼎鼎的阿它朗基（Ata Rangi）酒莊就在路盡頭，這是另一個早期在此創立酒莊的夢想家——克萊夫（Clive Paton）的心血。

一九八〇年，克萊夫這個牧場主人之子不想像父執輩一樣牧羊、牧牛，當他聽說馬丁堡的土地能種葡萄樹，就率性地買了一塊地，還娶了個會釀酒的賢內助教他釀酒。不少當初笑他的牧場經營者，現在反過來羨慕他當初的轉業抉擇。

## 改變荒地的命運

我轉進皇加路，土壤科學家德瑞克主導成立的馬丁堡酒莊（Martinborough Vinyard）近在咫尺。

德瑞克是第一個發現馬丁堡土壤種葡萄潛力的科學家。原本，他並沒有種葡萄、釀酒的打算，然而，一九七九年的一場會議卻促成他投入葡萄酒產業。

他說，當時，一些所謂的專家在馬丁堡產業轉型會議中批評馬丁堡的土地太乾，應該增加灌溉水源，並且改種其他作物。「這裡明明就是旱地，爲什麼不種植適合旱地的農作物？」德瑞克很生氣。於是，他在別人改變這塊旱地之前，自己先改變這塊土地的命運，創立了馬丁堡酒莊。

馬丁堡酒莊的隔壁，是已故的細菌生物學家史丹利（Stanley Chifney）成立的西芙

尼酒莊（Chifney Wines）舊址。史丹利是馬丁堡最早釀出葡萄酒的人，樂於助人的他，早期還提供場地與設備幫助有興趣的人釀酒，是馬丁堡葡萄酒產業早期的領袖人物。可惜的是，在酒莊揚名立萬之前，他就撒手人寰，酒莊後繼無人，後來由瑪爾酒莊（Margrain Vinyard）收購。

步履愈走愈慢，我對這群葡萄酒熱愛者的逐夢旅程了解愈多，心中感動就膨脹得愈滿。

走進鎮中心的馬丁堡葡萄酒展售中心（Martinborough Wine Center）。店內牆上，已故的史丹利生前坐在橡木桶旁拉小提琴慶祝釀酒成功的大幅海報，引人無限追憶。

我很難想像，這群人當初反其道而行，捧著錢買馬丁堡的旱地，被當作傻子般嘲笑的情景。更難想像這群人土法煉鋼，撐了十幾年，終於以紅葡萄品種 Pinot Noir 在國內外葡萄酒競賽揚眉吐氣，證明自己的眼光、讓人了解馬丁堡的葡萄酒產業實力的毅力。

而且，因爲他們的夢想與堅持，不僅酒莊由一九八〇年的四家，成長到二〇〇五年的三十七家，原本涸土一片、昏昏欲睡的小鎮，翻身成爲旅遊、品酒家的最愛：人們來此度假、退休、買鄉村別墅、舉行結婚典禮、國內外釀酒師與園藝師前來工作，星期四晚上到星期天，鎮中心的馬丁堡旅館（Martinborough Hotel）的一樓門口洋傘下，總是擠滿了時髦的都市人。每年鎮上舉辦的慶典（Martinborough Fair），也能吸引萬名遊客

前來。

徒步走過這四個夢想先鋒的葡萄園，我心中悸動不已。「我的人生只是這樣嗎？我的人生還有什麼可能性？」會不會，二十六年前，這四個人不約而同地這樣自問？而當他們認眞尋求答案，竟然凝聚成一股更大的力量，不只成就了他們的豐美生命，也一新這個原本昏昏欲睡的馬丁堡，創造繁榮。

這給了我極大的啓示。

誰說，勇於面對自己的內心、勇於追尋夢想，不是既珍貴又偉大的呢？

# 葡萄園教我的第一堂課

←腳踏著泥土，熱氣從土地傳來，那是一種厚實而溫暖的能量……

丟掉住在台北時的框框，

我這才知道，紐西蘭的葡萄田已經教會了我第一堂課。

「我要到葡萄園做些簡單的工作，妳有興趣來嗎？」

一天早上，寄宿家庭主人約翰這樣問我，我擔心的問：「我很怕毛毛蟲，園子裡有嗎？」他仔細的想了想，鄭重的回答我說，他從來沒有在這裡見過毛毛蟲。他還反問我：「妳曾經在生菜裡看到任何一條蟲嗎？」我回憶這幾天仔細洗生菜的過程，確實沒有發現。

一聽他的保證，我開心的說要跟去葡萄園，馬上轉身回房換衣服。十幾分鐘之後，我走出房門，他已經不見蹤影，原來，他等不及，自行先到房舍旁邊的葡萄園去了。

「啊？妳幹什麼做這副打扮？」他見我出現在葡萄園時嚇了一跳。

我戴上可以遮住整個臉的防曬帽，臉上塗了SPF90的防曬乳液，身上穿著白色的防曬襯衫。從屋子走進在大太陽下的葡萄園，臉上的汗已經開始滴了。

他的訝異想必是因爲我都市女性的裝扮，我這才想到，我忘了跟他說我要事先變裝。

小時候曾經看著爸媽在田裡種菜的我，偶爾也到田裡幫忙，不過我卻總是被毛毛蟲嚇得嚎哭狂奔，於是後來再也不敢下田。我想，父母親如果知道我來紐西蘭的葡萄田工作，以農民的眼光與手法伸向葡萄藤，一定不敢相信。

約翰位於房舍兩邊的葡萄園不到一公頃，只在假日時才業餘耕種。

葡萄幹從泥土向上伸展，每十幾公尺成一行，行與行的間距大約可容一輛 March 汽車穿行。

## 第一步：溫柔的力道

受著地心引力影響，葡萄藤的枝葉不斷往泥土垂降，於是，爲了導引葡萄藤往天空的方向生長，給小小的葡萄串爭取更多的生長空間，農人必須把藤蔓往上彎折，固定在兩柱之間橫懸的四條粗鐵絲。

我看著約翰不斷將葡萄藤固定在鐵絲上，只覺得好像看到一個男人站在粗粗的晾衣繩前，將剛洗好的衣服一一披掛上晾衣繩。

「請妳非常溫柔的把藤蔓分開。」約翰一邊把纏繞難解的藤蔓分開，手掌明快地成爲「手刀」，應聲斬斷一些藤蔓。

我模仿他的動作，以爲自己也能輕而易舉。一開始，我分辨不同枝幹，將相互纏繞的藤蔓分開，青綠的藤蔓看似柔軟，於是我試圖輕輕切斷它，但並沒有應聲折斷。再一次，我用大了力氣，不料，藤蔓卻連枝葉帶著葡萄串，活生生地甩在我腳邊的土地上，嗚呼哀哉。

我一驚，前幾天我還站在這葡萄園裡質疑葡萄變成佳釀的天命，沒想到，我今天卻成了劊子手，提前結束一大串葡萄的生命。

大自然有其規律，我怎能干預大自然的轉變，只因爲想滿足好奇心？

此後數小時，我不斷調整手的力道，避免犯錯，但是總有一些葡萄串一去不返，我的表情從開心轉爲謹慎，汗水與自責不斷蔓延到臉上來。

一陣強風吹來，吹得葡萄藤與枝葉在空中飛舞撞擊，沙沙聲不絕於耳。

「對葡萄藤來說，強風是一種暴力。」約翰比喻。

爲什麼葡萄藤看似柔軟，卻又剛強而易於摧折？

爲什麼有時候它看似堅韌，其實卻是那麼脆弱？

頂著豔陽與強風，儘管因爲不斷重複蹲下與站起的動作而腰痠不堪，我依然彎著腰，一行接著一行，繼續撥開難分難解的藤蔓。

時間不斷過去，我逐漸明白，如果葡萄藤的質地不夠柔軟，將難以攀上鐵絲，給予

葡萄更多生長空間。如果它的質地不夠堅韌，也很難對抗強風，給葡萄一個安穩的懷抱。而葡萄藤之所以有這樣看似衝突卻又水乳交融的質地，全是爲了對抗大自然加諸的惡劣環境啊！

## 第二步：感受溫暖泥土

不知過了多久，汗水從臉上、背部與腿上的毛細孔滲出，濕了又乾，乾了又濕；穿著白襪、塞在慢跑鞋裡的雙腳悶熱難耐，而強風數次掀開我防曬帽的前蓋，更惹得我無法專心工作，我愈來愈不耐煩，既然來到紐西蘭，何必帶著亞洲人美白防曬的那一套習慣？

我脫下襯衫、帽子、襪子與慢跑鞋，丟在乾乾的泥土上。腳踏著泥土，熱氣從土地傳來，那是一種厚實而溫暖的能量，我四望周遭，果然沒有看到毛毛蟲出沒的蹤跡，紐西蘭眞是我的天堂！

風吹來，我伸展四肢，我因工作而僵硬的腰板也鬆開來；已然除去束縛的肌膚毛細孔，終於也能與葡萄藤一起吸收迎風的新鮮。

丟掉住在台北時的框框，我這才知道，紐西蘭的葡萄田已經教會了我第一堂課。

▲ 葡萄幹從泥土伸出，每十幾公尺成一行，行與行的間距大約可容一輛 March 汽車穿行。

▲ 農人把纏繞難解的藤蔓分開，手掌明快地成為「手刀」，應聲斬斷多餘的藤蔓。

## 課堂以外的事

### 到葡萄園打工

由於人工昂貴，一般而言，紐西蘭特定產業的雇主可以申請外籍勞工，一種是長期的契約工，另一種則是按小時計酬的臨時工。

外籍勞工若持有工作簽證，則可以到紐西蘭工作，效期通常是一年。

如果持有觀光簽證，則不能打工，違法將處以鉅額罰鍰，並且將被遣返回國。二〇〇四年，一名泰國人在霍克斯灣（Hawke's Bay）違法打工，遭紐西蘭政府重罰五千元紐幣（約十一萬五千元新台幣）並遣返。

若持有度假打工簽證(working holiday visa)，則簽證效期一年，僅能為同一個雇主工作三個月，超過三個月則必須要求雇主協助申請長期工作簽證。

二〇〇四年，台灣與紐西蘭政府簽訂了度假打工協定，持有度假打工簽證的台灣人可以合法來此打工。

葡萄園的工作有季節性，有時候，一個月只有幾天需要以人工拔除多餘的葉子，以給予葡萄足夠的養分與陽光；或是將葡萄藤往上固定在支架或鐵絲上，幫助葡萄生長；秋收時迅速採收葡萄。

一般而言，大型葡萄園會聘請專職的外籍勞工。此外，一般葡萄園都會有臨時性的缺工，不過，由於紐西蘭地廣人稀（僅四百萬人口），若非透過人力仲介，缺工者與打工者實在不容易找到機會。若非透過仲介，最合適的方式是找一個房子住下，就地尋找工作機會。

紐西蘭當地的 homestay（與紐西蘭當地家庭同住，只租一房）公定價是每週 180 元紐幣，如果租整棟房子，視地點而定，每週租金從 250 至 300 元紐幣起算。

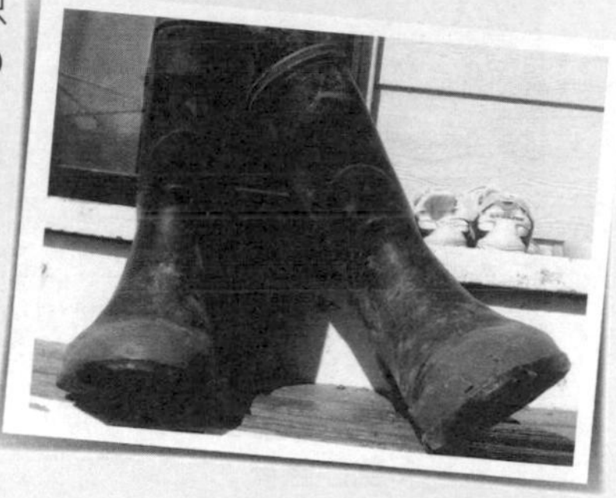

在葡萄園或農場打工，一個小時收入約為 9 元紐幣，一天工作十小時、一週工作 7 天、扣除 20% 的稅，一個月可淨賺新台幣 46,368 元。

## 意外的3P

←躺在兩個男人中間，左右兩人的打呼聲此起彼落，
立體聲效果比台北家中的音響還棒，
向來在乎他人眼光的我，
怎麼會「晚節不保」，跑到紐西蘭來「搞3P」？

躺在兩個男人中間，左右兩人的打呼聲此起彼落，立體聲效果比台北家中的音響還棒，向來在乎他人眼光的我，怎麼會「晚節不保」，跑到紐西蘭來「搞3P」？

一切都要從我沒有駕照，又「愛哭愛跟路」的習性說起。

寄宿家庭主人約翰是個長跑好手，每年都參加馬拉松、鐵人三項等比賽。起居室的書櫃擺滿他參賽與得獎的證書與照片，是最好的證據。

十二月上旬，紐西蘭第二大湖——位於南島最尾端，蒂阿瑙湖邊（Te Anau）的凱普蘭山險（Kapler Track）舉辦高難度的馬拉松賽。約翰與住在南島的好友史都華（Stewart）躍躍欲試。爲此，約翰訂了飛往南島基督城（Christchurch）的機票，這也是四十八歲的他，生平首度到南島去。約翰說，北島人沒去過南島；或南島人沒去過北島的大有人

在，若非爲了參賽，約翰恐怕沒有動力去南島。

我一聽這比賽的高難度，記者職業病作祟，衝口問他是否能帶我同行，沒想到他竟然也答應了。

從威靈頓飛到花園般的基督城，一個身高一百九十公分、頂著比臉還大一倍的爆炸頭的男人叫住約翰，令約翰好不驚訝，因爲史都華的造型大變，跟約翰記憶中很不同。史都華打包票說要在十小時內飆車帶我們到蒂阿瑙，我打從心底擔心起來：我的好友Iris介紹她值得信賴的朋友約翰提供我住宿，但卻不表示這史都華也安全可靠啊？我怎麼會沒有想過這個問題？

沒時間進退兩難了。我鑽進後座，與好幾箱口糧、澱粉類食物、睡袋及禦寒衣物坐在一起，跟兩名半生不熟的男人飆車前往南島最南端。

## 與陌生男子同房

南島的風景極美，藍得像寶石的蒂卡波湖（Lake Tekapo），令我好奇不已，一問才知道這是庫克山頂融化的冰河水。我們在電影「魔戒」的幾個拍片實景：高高低低的皇后鎭（Queen's town）、箭鎭（Arrow town）停下來，遙望了一陣子。兩個男人兩年沒見，專心聊著長跑訓練、飲食控制，我則企圖以美景轉移焦慮。涂中行經坎特伯里

前去南島參加馬拉松比賽的房東（上）約翰和史都華（下）。
（照片提供史都華）

（Canterbury）與中奧塔哥（Central Otago）兩個不同的葡萄產區，快速看過幾個葡萄酒莊，心裡湧起一種親切的熟悉感。

晚上七點鐘，飆車還不到十個小時，蒂阿瑙鎮到了，體育場擠著三、四百名選手，正在聆聽賽前說明會，我們聽完，在湖邊找到了預定住宿的旅館。

停車場停滿車，我心裡有著不祥預感。走進旅館，史都華上前向櫃台人員交涉了一會兒，隨後對我解釋，他原先已訂了房間，後來聽說我要跟來，他再訂房時，旅館就沒有打包票，果然，現在因爲馬拉松選手太多，飯店客滿了。「但是，飯店會給我們一間兩床的雙人房，房裡再加一張床，妳可以接受嗎？」我沒料到會有這樣的安排，眼看著後面排隊的旅客愈來愈多，只好囁嚅地說：「好啊！既然有三張床。」

走上二樓，來到房間門口，我注意到不少行人看了我一眼，我幾乎不敢相信，這是我生平第一次跟兩個陌生男人住在同一個房間！別人會不會以爲我們搞3P啊？我一定要力求莊重、自制、全副武裝！

跟陌生男人同處一室就罷了，一進房，本來要抽籤決定床位的，此時高大的史都華發現中間床的長度比兩邊的床略短，馬上就嘻皮笑臉的對我說：「我看別抽籤了，妳的身高最矮，天意已經決定床位了，妳就睡中間吧！」

我必須承認，用英文思考使我的邏輯與人權觀念遲緩很多，當史都華這樣要求我，

我竟然也就順民般的接受了。

他們兩人打開電視機，不斷轉動遙控器，畫面跳得我眼睛痠澀不已，我決定起身洗澡，早早去睡。

嘿！跟兩個男人同居一室已經很不習慣了，還會有什麼事情能再超出我的舒適圈？

唉，生理期。

洗澡的時候赫然發現這個「惡耗」，只求小心解決，不要變成惡夢一場。

## 戰戰兢兢的一夜

洗完澡出來，我快速帶著小包包進入浴室替換隨身用品，完事了，正要吹乾長髮，才發現浴室沒有配備吹風機。我勉爲其難的用毛巾裹著長頭髮出來，在房間裡四處尋找吹風機，最後在電視機前面的抽屜裡找到吹風機，麻煩的是，吹風機的插頭黏牢在牆壁上，於是，兩個男人只好看著我蹲在電視機前方吹頭髮，高分貝的嗡嗡聲吵得他們嘆聲連連。吹完頭髮，我又再度走進浴室，這時候約翰問了：「妳爲什麼一直進浴室啊？女生都這樣嗎？」我淡淡的說，晚上氣溫低，我還沒搽保養乳液。

關上浴室門，我看著鏡子裡的自己，我眞懷疑這兩個男人此行的主題是不是已經悄悄由馬拉松賽跑轉變爲「女男大不同」了？

▲ 蒂阿瑙湖（Te Anau）是紐西蘭第二大湖。

▲ 位於蒂阿瑙湖上端的凱普蘭山險（Kapler Track）是全球馬拉松好手每年必挑戰的地方。

我走出浴室之後不久，兩個男人卻不洗澡，關了電視，準備入睡。史都華察覺我的訝異，還主動解釋，紐西蘭人大多在早上起床後洗澡。「睡前洗可以洗掉一身的汗與疲累，幫助睡眠。」我說。「可是這樣早上起來又髒了，還不是要再洗一次，所以何不在早上洗呢？」史都華辯駁。

快要十一點了，我才爲了生理期、長頭髮與吹風機忙得七葷八素，現在的我只想睡個好覺，不想再輕啓話題。這時候才發現睡在我左邊床的約翰已經開始打鼾，怎麼會有這麼快入睡的人？我輕輕與史都華道晚安，希望他不會也是個打鼾高手。

我錯了！

向來「戀床」又難入睡的我，躺在兩個男人中間，左右兩人的打呼聲此起彼落，立體聲效果比台北家中的音響還棒，整個晚上，噪音把本已疲倦的身心攪纏得更困頓，我想起床看書，卻又擔心吵醒兩個男人，影響他們明天的比賽。於是，我困在床上動彈不得，好一刻，我埋怨自己「晚節不保」，跑到紐西蘭來「搞3P」；下一刻我又安慰自己體會前所未有的人生經驗，這不就是我夢寐以求的嗎？再下一刻又擔心白色的床單可能會被生理期「污染」，身體也不敢亂動。

彷彿感覺白色的天光從窗邊亮起，我才慢慢睡去。

醒來時，我早已錯過早上七點鐘開跑的馬拉松賽。

放了自己一馬吧！既然錯過了開賽，就換個心情玩吧！

一整天，我一個人沿湖走了五個小時，想要用腳測量紐西蘭第二大湖的面積，這是一種想要看到結果的執著。忽晴忽雨的湖邊，每一個角度都是平靜的美，傍湖是蒼茫無邊的牧草地，我猜，像我這樣一個亞洲女子的屍體如果在這裡被丟棄，也要憑機緣才會被尋獲。好不容易見到一對垂釣的男女，我鬆了一口氣，慢慢往他們靠近，沒想到他們似乎不歡迎我，竟收拾器具離開。

孤獨並不需要害怕，令人恐懼的是，走著走著大腦不斷想像出恐怖的凶殺畫面，我屈服了，決定離開湖邊，穿行比人高的草原約十幾分鐘，終於來到人車穿行的大馬路。走回鎮上，馬拉松賽已經結束了。

兩個男人在房間裡休息，一見我回來，便秀出他們在雪地裡跑馬拉松的數位照片。畫面中，黑色的土地上遍布朵朵白雪，我想，他們一定跑得很辛苦。我很敬佩他們能不遠千里，報名費加上住宿費用，每個人大約花了上萬元新台幣，只爲了跑馬拉松。

## 從3P學到互相尊重，互相配合

他們有一句沒一句地聊著冠軍是誰、他都吃什麼來增加體力、賽前怎麼訓練，……我聽了直打呵欠。他們問我昨晚睡得好嗎？我坦白控訴兩人的打鼾「暴行」，不料兩人卻

嘻皮笑臉的說：「怎麼會？妳拿出證據來啊！」

蒐集證據、報導事實，是當記者的看家本領。今晚，爲了兼顧睡眠與蒐證，我已經做好準備：我一手閱讀雜誌以培養睡意，另一手則拿著小型錄音機，只要聽見鼾聲，我就錄個正著！

將近十二點，我讀得眼睛發疲，突然約翰發出豬叫聲般的鼾聲，我按下錄音機，湧起欣慰的快感。史都華顯然被吵醒了，翻來覆去。我錄了一陣子，竟然放心的入睡，眞的累了。

隔天早上，我將證據播放給約翰聽，不料他卻說：「這聽起來很小聲啊，一般人不是都會有輕微的鼾聲嗎？」這時候，前一晚不承認打鼾的史都華竟跳出來爲我幫腔：「我昨天半夜醒過來，你的打鼾聲眞的很恐怖！我都很難睡得著！」

眞該感謝這「意外的3P」，讓我發現自己該學習的一門重要功課：不再害怕衝突、委曲求全，應該適時表達自我，讓夥伴互相尊重，互相配合。

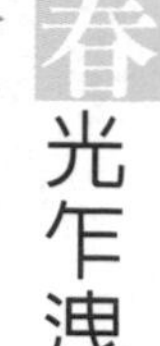

# 春光乍洩

突然，漂白水塑膠瓶移動了一下，
我轉頭看廁所門，一雙手從門縫伸出來，
接著，唐氏症小孩的臉出現了。
天啊！我還坐在馬桶上耶！

結束了四天的南島馬拉松之旅，我們在九點鐘左右來到基督城的史都華家，住一宿，隔天即將飛回威靈頓，再轉回馬丁堡。

一進房子，赫見裡面擠了大約二十幾個人，原來是史都華的太太開Party，人們喝酒、聊天正熱鬧，沒人抬頭看我。這時候，一個胖小孩一把抓住我的手大喊：「媽媽！」我嚇了一跳，這小孩看似唐氏症患者，一定是認錯人了。

## 廁所驚魂

他把我拉到一個壯男人前面，顯然是小孩的爸爸。「你又認識新朋友啦？」他對小孩說著，全然沒有對我自我介紹，我對他說，我是Goya，他口齒不清的說了個我聽不懂

的名字，小孩帶我走開，一直在我身上磨蹭，我起初耐著性子陪他玩，後來實在覺得疲倦，我找了個機會，趁著他沒注意的當兒，躲進廁所裡。

方才聽史都華警告大家，家裡沒有任何一扇門是裝了鎖的，我一進廁所，四下摸索，果然，連廁所也沒有門鎖，我把角落裡家庭號的漂白水塑膠瓶移到門後，沉甸甸的，應該不會有人擅闖進來吧？

廁所大約有四個榻榻米大，比台北烏來的頂級 SPA 還豪華，窗外湖邊燈光點點，美侖美奐，這是到紐西蘭以來首度體驗的美景廁所。

突然，漂白水塑膠瓶移動了一下，我轉頭看廁所門，一雙手指從門縫伸出來，接著，唐氏症小孩的臉出現了。天啊！我還坐在馬桶上耶！

面對這弱智小孩，我不敢說類似「給我滾出去」這種粗魯話，又怕太大聲被門外的二十幾個人聽到，於是我只好再耐著性子，輕柔的說：「拜託，請你別這樣做！拜託！」

小孩依然故我，他到浴缸前抓起蓮蓬頭，扭開水龍頭，水柱此起彼落，豪華廁所成了他的水上樂園，而我卻像是進了洗車廠的車——全身濕。

我不再求他了，匆匆完事，從廁所衝回史都華的工作室。在桌前坐下，驚魂甫定，窗外是一片黑夜，窗玻璃映照著我一身狼狽，不知不覺，眼淚卻流了下來。

## 越洋電話的溫暖問候

我好不容易從台灣留職停薪來到紐西蘭，想要更認識自己，尋找自己，怎麼會幸運到「春光乍洩」？我打開手提電腦，看著出國前父親生日會中拍的全家福，看著媽媽、爸爸靦腆的笑臉，我的眼淚愈流愈多，覺得好想他們！

叩・叩・叩。

有人敲門，我慌忙擦掉眼淚說：「請進。」

史都華小心翼翼的打開門，一臉歉疚的想向我解釋。「我知道他是弱智小孩，我一點也不會生氣的，請放心。」我故作鎮定，反過來安慰一臉歉疚的他。但是，他一走，我突然覺得，難道小孩的爸爸不應該善盡照顧小孩之責嗎？

我想起白天沿途目睹羊兒們在飄雪的牧場上唉唉叫、到處尋找牧草的可憐情景，牠們一定沒想到，牠們才剛被剪毛以迎接夏天，卻碰到夏天突降飛雪的異常氣候。我們的處境似乎是同病相憐的吧。

眼淚又流了下來。我不顧昂貴的國際電話費率，打了通電話回台灣，想聽聽媽媽的聲音。她接起電話，一聽到她的聲音，我的眼淚又吞回去，我的年紀都這麼大了，怎麼好讓她再擔心我。「媽！妳好嗎？我在南島啦，明明是夏天，天氣卻冷得要死！我帶的

短袖都沒有用，還跟人家借了羽毛外套來穿！」短短幾句寒暄，家鄉的暖流透過電話線已經傳進紐西蘭的冷冽空氣中。

## 妳可能要跟我的狗睡一起

掛上電話，史都華又來敲門了。依然帶著一副歉然的表情。

他說，他沒預料到今晚有這麼多人擠進家裡，現在房間不夠了，可能要讓我睡在這工作室的水泥地板上。

說得也是，人生地不熟，難不成要現在出去找旅館嗎？我聽到他依然願意收留我，感激地說，沒問題的，有地方住已經很開心了。

沒想到，他卻又接著說：「不過，妳可能要跟我的狗睡一起，妳不介意吧？」

我看了一眼天花板倒吊而下的登山腳踏車，視線再往下，就是一個比浴缸還大的狗籠。而我的臥鋪就在狗籠門口。看起來是個極危險的地點，不是被咬出瘋狗症，就是被登山車壓傷。「怎麼會介意？不會的！」我想，他應該看不出我的口是心非吧。

「我已經先讓牠小過便，現在先讓牠睡進狗籠，妳不用擔心，牠很乖，不會自己開門出來的。」他一邊牽著比三歲小孩還高，半個狗籠長的狗，哐！狗籠門關上。

我一邊跟著他，一邊說謝謝。心裡忐忑不安，這狗看起來好兇狠，我明明覺得害

怕，爲什麼不敢對他說不？

史都華再拿來棉被與睡袋，我的床就鋪在狗籠門口，床鋪好溫暖，我的身心俱疲得以停歇。

關了燈，我不敢看狗籠，怕看到黑暗中一對亮亮的眼睛。聽著牠的喘息聲，我的不安不斷增加，這是我第一回跟看似兇狠的大狗同居一室，只希望一切會平安無事。

只是，我不禁好奇，當小孩闖進廁所時，到底有多少人看到我的糗樣子？

# 課堂以外的事

## 打電話

從紐西蘭打電話回台灣是 886+ 區碼 + 號碼，從台灣打電話到紐西蘭則是 002+64+ 區碼 + 當地號碼。建議可到各地的中國城、韓國城或購物商場購買 IP 卡，這是一種網路節費電話卡，大約新台幣一千元的卡片撥打台灣室內電話可長達七到九小時，撥打行動電話大約一到兩小時，我最常買的名叫「大唐卡」。

行動電話請事先向台灣的系統台詢問費用，通常價格不斐，最好的方式是帶著台灣的 GSM 手機，到當地購買易付卡的晶片，以及易付卡的額度。當額度不夠可以再儲值。如果不熟悉儲值方式，可以對店員要求 would you help me to top up ？儲值時小心鬧笑話，儲值不成，反而錯買更多晶片。

打國內電話可以購買當地電話卡，面額為 5 、 10 、 20 元。一通市內電話大約兩元紐幣。

## 開車去冒險

國際駕照：在台灣時先向監理單位申請、繳費，資料包括護照、駕照、身分證、兩吋照片兩張、申請登記書。在當地考照，必須先經過筆試，拿到學習駕照之後，再考路考，所需時間長，尤其當地是右駕車，台灣考生容易因為不熟悉而緊張，因此不建議當地考試。

# 洗碗「超級比一比」

←洗碗也分台式與紐式，
那一種最好？
比一比才知道。

我不記得我怎麼學會洗碗的，或許是小時候看著媽媽洗碗，自然而然學會的。但是，從小到大。我從來沒有這麼恐怖的經驗。

直到來到紐西蘭。

陰雨的清晨，我在史都華的工作室裡醒來。史都華的伴侶朗黛（Ronda）上班去，留下史都華、我、寄宿家庭主人約翰，以及從英國來訪的一對社工夫婦。大夥吃完史都華做的煎餅與紅茶，幾個人坐在餐桌上聊天，透過窗戶看著下過雨的湖景，和可愛的小狗玩兒，一片愜意。

在南島借住史都華家，麻煩人家照顧我，既然待會兒就要離開，不如我現在來洗碗，做做國民外交！於是我一邊收拾碗盤，一邊往流理台移動。

## 浪費水的台式洗法

當步伐愈接近流理台，我才發現流理台裡塞滿了碗盤與茶杯，旁邊的平台托滿油膩的鍋碗瓢盆，我才忽然想起，昨晚朗黛在家開舞會，客廳與餐廳裡擠了至少二十幾個人。

「該清洗的東西是比我預期的多啦，但是，怎麼可能會難得倒我呢？」我捲起袖子，決定先把左右兩個流理台的碗盤用洗碗精洗過，清空一個流理台，再用清水沖掉肥皂泡。

我向來做事專注，儘管洗碗也一樣。正當我低頭猛洗，卻渾然不覺四周早已圍上來三個人：史都華、約翰，以及那位英國先生。

「請問……妳……在做什麼？」史都華睜大了眼睛，伸長了長頸鹿般的脖子探問。

「我在洗碗啊！」我像個做錯事的小學生，呆了一下，突然不知如何是好。

「那請問妳現在是在？我是說，我看妳洗了很久，卻沒有洗出任何一個乾淨的碗……」史都華搔搔頭，一副不解的表情。

「這些都用洗碗精洗完了，接下來用清水沖洗一遍，就完成了！」我手指向流理台的碗盤，唯唯諾諾的說。

「可是這樣很浪費水耶！」約翰皺著眉頭說。

聽他們說完，我突然覺得自己像是盛裝打扮，準備好上台領獎的畢業生，沒想到一站上台，校長卻突然批評我的穿著有辱校風，根本不值得上台領獎。

「可是我在台灣都是這樣洗的。」我說。我想起媽媽洗碗的樣子，我在家、在學校宿舍、在打工的餐廳，我洗碗既俐落又乾淨，甚至曾經贏得廚房歐巴桑的讚賞。怎麼我千里迢迢來到紐西蘭，卻像是被人們圍觀、品頭論足的動物，被貶得一文不值？

## 紐西蘭式洗碗法

「真的嗎？可是紐西蘭人不會這樣洗碗，這樣好了，我來 show 一下我們紐西蘭的洗法。」史都華說。

我退後一步，把「頒獎台」讓出來，默默走進「觀眾席」欣賞史都華表演。

只見史都華把全部碗盤堆在平台上，流理台裝滿水，倒入洗碗精，一股腦將碗盤丟進流理台，雙手在碗盤上劃了劃，一一放上平台。

「但是，那些肥皂泡不需要清洗一下嗎？」我目睹肥皂泡不斷從碗盤滴下來，擔心地連汗都快要滴下來……

史都華不解地看著我，一邊拿起抹布擦拭碗盤，「這樣就擦掉啦！」他說。

這下換我瞪大了眼睛，無法置信。

「可是，肥皂沒沖乾淨會有化學殘留物，吃下去對身體不好！」我大叫。

「亮晶晶的啊，哪裡有肥皂泡？妳看。」史都華拿了個盤子到我面前晃了晃。

「肉眼看不見不代表沒有殘留啊！」我想起早上與昨晚才用這些碗盤吃過東西，喉頭不自覺一緊，開始猛吞口水，我心想，我如果打嗝，該不會冒出肥皂泡？

「就算眞有殘留，一點點也不會死人啦！而且，我們紐西蘭人都是這樣洗，也沒聽過出問題。」史都華說。

「可是天天這樣吃，或許早就已經在身體裡累積了。」我說。

「是嗎？我們紐西蘭的人瑞是幾歲？好像是一百出頭，台灣是幾歲？」史都華問我。

我紅了臉，呆住了，我壓根兒不記得台灣的人瑞高齡，霎時，我想起新年時，電視新聞總愛報導日本的金銀婆婆，依稀是一百一十歲來著。「日本的人瑞一百一十歲，而且日本人比台灣人洗得更講究！」我急了，想要扳回一城。

眼看著健康議題的攻防沒有結論，史都華轉攻環保議題。

「你們台灣是不是不缺水啊？照你們這樣洗了肥皀又用水沖，紐西蘭的水都不夠用了！」史都華說。

我盯著他用同一塊抹布重複擦碗盤，一邊把盤子放進櫥櫃，我眞慶幸今天中午不會

在他家用餐。「台灣夏天也缺水啊，但是我們還是會用清水把碗盤洗乾淨。」其實，我在台灣時從未認眞注意節約用水政令宣導，這下子不知如何辯解，結結巴巴的，勝負立現。

## 台紐風情大不同

環保議題未完，史都華又轉向民主議題。

「你們英國人也不用清水洗的吧？」史都華朝一旁的英國先生問，想要爭取英國盟邦的票。

「我不知道，我從來不洗碗的。」英國先生聞言逃之夭夭。

一個台灣女士對上兩個紐西蘭男士，一比二，我輸定了，呆呆看著史都華的嘻皮笑臉。

這時候，一早就坐在餐桌上閱讀雜誌的英國女士走了過來，「她會是個民族主義者？還是個性別主義者？如果是前者，我不就輸定了？」我暗自嘀咕。

「不用清水沖碗盤上的肥皀，對身體會有害嗎？」史都華轉開他的爆炸頭朝她問，一副勝利在望的模樣。

「喔！我洗完碗一定要再用清水沖的，我對化學製品的安全性存疑。」英國女士揚著

眉說。

「YES！二比二，平手！」我放心地離開「觀眾席」，留下史都華繼續在「頒獎台」上洗碗。我原先以洗碗來做國民外交的想法早拋到九霄雲外。

我那曾任廚師，在台灣洗了一輩子碗的母親，一定無法想像一群人圍著流理台，睜大眼睛對她說：「妳洗碗的方式有問題！」她可能不只深感驚悚，還可能因而罹患憂鬱症。

或許也不會。如果一個人一直以某種生活模式過了一輩子，儘管遭逢迥異的文化質疑，應該會有堅定的自信。而向來工作忙碌、很少開伙的我，不僅發現台紐兩國迥異的洗碗方式，還因而引發一場台紐辯論，恐怕是因爲我洗碗洗得不夠多、不夠有自信吧！

# 課堂以外的事

## 兩國生活習慣大不同

1. 紐西蘭人很友善，禮貌，但是並不直話直說，所以跟權利義務有關的事情，最好先說明比較好。以生活禮俗來說，比如紐西蘭人喜歡喝紅茶，可以帶台灣茶去請當地人喝，不過，台灣茶通常是綠茶，當地人可能喝一口之後讚不絕口，然後再也不碰。敏感一點的台灣人最好不要覺得受傷。走在路上，可以跟迎面來的紐西蘭人打招呼，他們通常也會報以真誠的招呼。
2. 紐西蘭人喜愛甜食，濃甜的蛋糕、巧克力，店裡賣的甜食可以嚐一口，嚐太多，變胖別說我沒先講。
3. 紐西蘭的鄉鎮都會有好幾家 fish & chips 商店，炸魚與薯條是他們的最愛，最好配上啤酒，看球賽正好。 台灣人如果想念台灣美食，最好帶泡麵。
4. 紐西蘭的檢疫嚴格，不可以帶任何植物種子、水果或肉類，如果有牛肉乾，也必須誠實申報，如果不誠實，可能會遭到新台幣十萬元以上的罰金。另外，打包行李時特別注意，將有食物的行李打成一包，方便通關時檢查，可以加速通關。
5. 紐西蘭的房舍通常是木造，台灣人在洗澡時最好避免水流從浴缸滲到地板上，如果有滲漏最好擦乾，否則將造成當地人修繕的問題。
6. 台灣人晚上洗澡，紐西蘭人早上洗澡，最好事先協調好用水與電熱爐的時間。

# 果店的釀酒夢

沒想到，
有人攜家帶眷、費盡千辛萬苦從台灣來到紐西蘭移民、讀書，
只為了在酒莊擔任釀酒師。

從基督城搭飛機回北島的威靈頓之前，我獨自在基督城市區漫步，一棟粉刷得雪白，屋齡超過半世紀的大樓前，窗明几淨的焙果店（the Daily Bagels）吸引了我。

走進店裡，陽光將室內照得雪亮，櫃台前煮咖啡的男人竟是個道地的台灣移民，他的名字是Rafael。

「可以聊聊嗎？」我問。

趁著客人不多的時刻，Rafael煮好我點的卡布奇諾，坐下來與我聊天。

## 三十歲開始從頭學

卡布奇諾嚐起來道地，難以想像的是，Rafael頂下這家店、從頭學煮咖啡的時間只有一個月。每週工作七天，從清晨忙到傍晚打烊，將近四十歲的他坦承：「從頭學，什

麼都要做，眞的很累。」

「你爲什麼移民來紐西蘭？」我問。

不是政治因素、兒女教育或退休，Rafael移民的原因，竟是爲了換跑道，或說，爲人生嘗試一種新的可能性。

五年前，他是台灣一家國營企業的工程師，優渥的薪水、穩定的退休金，人人稱羨。

許多人過了三十歲，就遭遇人生與前途的關卡。Rafael亦然，於是，他與太太放棄在台灣擁有的一切，移民紐西蘭，夢想就是進入紐西蘭方興未艾的葡萄酒產業。

葡萄酒有多大的吸引力，讓一個家庭從台灣連根拔起，移植到紐西蘭？

「葡萄酒眞的好奇妙，不同的品種釀出不同的味道，而且，不同的地理環境釀出來的酒就是不同。」葡萄酒話題一打開，看似靦腆的他竟然侃侃而談，他從法國葡萄酒聊到新世界的紐西蘭、澳洲葡萄酒，如數家珍。

他說，南澳洲的尤加利樹葉落在土壤，釀出來的酒就含有尤加利樹葉香氣；而紐西蘭盛產水果，葡萄酒的水果香特別濃郁。

「雖然我的酒量不是很好，我還是很喜歡葡萄酒……酒倒進水晶杯，聞一聞它的香氣，不喝葡萄酒的人也聞香品嘗。」他說。

台灣人向來相信文憑，幾年前剛移民到紐西蘭的 Rafael 來到南島的一所科技大學攻讀葡萄酒相關學位，一年之後拿到學位，成績名列前茅。

然而，人生似乎不總是 happy ending 的電影。

## 累積經驗不只經歷四個釀酒期

Rafael 的學位拿到了，卻只是在夢想之路的起點。

他想要當一名釀酒師，但是酒莊通常只雇用有經驗的釀酒師，因爲釀酒師的能力攸關著葡萄酒的品質與酒莊品牌。如果是自創酒莊，Rafael 說，投資金額更大，「葡萄前三年長根、種地，都是成本；通常要五年後才會有穩定的產量，」他皺著眉說，「當初沒有概念，唸完之後才知道。」

移民來紐西蘭，身心與家計在在考驗著他。

「如果回台灣，能從事葡萄酒產業相關工作嗎？」我問。

他說，葡萄酒產業分布在緯度三十至五十度之間，台灣的緯度以及高溫、高濕的氣候，都不適合種植葡萄、釀酒。他也曾把履歷寄給台灣的葡萄酒代理商，希望尋找葡萄酒採購等相關工作，履歷表卻石沉大海。

於是，他把目標轉回紐西蘭的大酒廠，希望從助理工作做起，累積經驗。然而，經

台灣人 Rafael 在南島基督城經營的焙果店，一邊賣咖啡一邊往釀酒夢前進。

The Daylight
Atheist
Summer

驗累積卻要花上更多時間。

葡萄酒廠的收成與釀酒期（Vintage）只有三個月，每年惟獨這段時間需要較多工作人員。「要累積經驗，你要做好幾個 Vintage，大概四年，而且一年只能做三個月，其他時間就沒有工作。」他解釋。畢業之後，他除了到大酒廠擔任基本操作員（Cellar hand）之外，也在紐西蘭做過許多不同的工作，甚至還當起導遊。而紐西蘭的酒莊規模較小，工作機會較少，他為了累積經驗，甚至漂洋過海到產量大約為紐西蘭十六倍的澳洲工作。

有一年，他離鄉背井，隻身去到南澳洲著名的葡萄酒產地 Coonawana，鎮上人口僅一千二百人，他與二十幾個人住在酒廠宿舍。「除了工作，其他時間都很無聊。」他坦承，生活中較大的樂趣，就是見證當地以表土為紅土，第二層為石灰岩的特殊土壤，如何長出獨特風味的葡萄。

然而，工作結束，返回紐西蘭，他依然要再度面對現實。

## 釀酒夢從焙果店發芽

圓夢的路途遙遠，歷程備極煎熬。

後來，太太勸他頂下焙果店，一方面賣咖啡的收入穩定，二方面不需投資廚房設備

與聘請廚師，只需要準備新鮮用料，客人點購即現做，比經營中餐館容易。

一個年輕女生從櫃台後面現身，我以為她是Rafael的太太，一問才知道是店內聘請的上海工讀生，原來，為了分散風險，他太太沒有來店裡一起工作，而是繼續留在原任職的禮品店上班。

上午十點到午餐時間，客人不斷上門，他不斷欠身回櫃台洗手、工作，結束了，才回到我的餐桌上聊著。

沒想到，有人從台灣攜家帶眷、費盡千辛萬苦來到紐西蘭移民、讀書，只為了在酒莊擔任釀酒師；而我，不帶任何轉業的期待，隻身一人就住進葡萄酒小鎮，四周鄰居大多是在葡萄園工作的釀酒師與園藝師。

命運是怎麼捉弄人？又是怎麼考驗人的呢？

而幸運的我，有沒有機會幫上他的忙？

我坐在角落裡，看著穿圍裙的他安靜地煮咖啡，明年的葡萄收成與釀酒季節，不知道他會向現實妥協，還是會在某個酒莊工作？

在焙果店裡，我打從心底希望他生根發芽的釀酒夢，終能開花結果。

# 當火腿蛋炒飯遇見BBQ

←六、七個赤腳的小孩圍著我坐下，
原來，紐西蘭人即使在都市裡也喜歡光腳走路的文化，
就是從小親近土地而培養起來的。

每到傍晚，我前往馬丁堡鎮中心超市買菜的路上，總是能在不同的庭院裡見到女人與小孩躺在露台上曬太陽，男人們忙著烤BBQ、喝啤酒的歡樂景象。什麼時候我也能融入這裡的文化，品嘗這種歡樂？

回到家，也跟我一樣寄宿在約翰家的荷蘭籍網球教練馬可說，他與約翰決定在星期天晚上舉辦BBQ招待幾個馬丁堡的好朋友，以及剛來紐西蘭度假的荷蘭人。

「好啊！我可以幫什麼忙嗎？」我很開心，真是美夢得來全不費工夫。

「我跟約翰各自負責烤肉與酒，妳能做沙拉嗎？」年近四十歲、長相俊俏的馬可說完，我馬上答應了，「不過，沙拉不是台灣人的傳統食物，我做得恐怕不好，不然我再負責炒兩盤道地的火腿蛋炒飯吧！」我說。

## 烤肉潔癖症

星期天下午六點鐘，我負責的兩盤馬鈴薯沙拉、兩盤蛋炒飯煮好了，但是，不但客人還沒來、約翰和馬可也都不在家，眼看著炒飯正在降溫，我只好將炒飯放進溫度五十度的烤箱裡。「不是約好星期天晚餐嗎？難道紐西蘭人不是在六點鐘左右吃晚餐嗎？」我疑惑著，一邊走進庭院，收起晾衣架上的衣服。

此刻，約翰開車搬回兩張白色的長椅，放在草地上，準備給賓客使用。「我從鎮上的網球俱樂部搬來的，只是借用一下下，沒關係的。」他說。只見他接著將好幾箱啤酒裝進電冰箱，自屋簷下搬出瓦斯烤肉架，烤肉盤上沾黏著厚厚一層油垢，我衝進室內抓了一捆廚房紙巾想要將油垢抹去，不料他卻早已經打開瓦斯，將牛肉擺上烤肉架。我張大嘴巴，看著他動作迅速地塗抹醬料，我不知如何是好。「這不會又是台紐兩國不同的烤肉法吧？還是我的潔癖過度？」我疑惑著，暗自決定問明白。

「盤子上的油不用清理一下嗎？」我問約翰。

「我想反正都是油，上次留下來的油應該都可以用吧！」他說。

我不希望今晚以拉肚子收場，決定待會兒不吃烤肉，只吃我親自烹調的料理。想起去年中秋節跟好友 Cindy 在台灣烤肉的美好記憶，我只能仰天長嘆。

七點鐘，馬可帶著兩個荷蘭年輕遊客凱（Kaj）與瑞克到來，好幾對夫婦也牽著小孩到來，頓時庭院裡熱鬧起來。每有新客人到來，約翰就將我與兩名荷蘭人介紹給大家。因爲陌生，賓客自然地與約翰及馬可交談。

我感覺自己雖住在這裡，卻更像個客人，只好坐在長椅上與荷蘭人們聊天。

## 我買的衣服都是Made in Taiwan

卡蘿是兩個小孩的媽媽，一聽我是台灣來的，就開始問起我對兩岸關係的看法，我很努力的解釋兩岸的政治與歷史糾葛，也許眞的是太過複雜了，另一個人走過來，卡蘿也就「轉檯」了。另一個戴著Nike帽的女生走過來攀談，「台灣喔？我買的衣服都是Made in Taiwan。」她脫下頭上戴的帽子，查看反面，寫的正是：made in Taiwan。我開始發揮以前跑科技新聞的知識，跟她說起台灣的高科技產業對全球的貢獻，她說她跟先生開牧場，也許以後才會考慮使用電腦。說完又走開了。看來，要融入當地，恐怕要找個他們會有興趣的話題吧。

我肚子餓了，這才想起五點鐘放進火爐裡保溫的蛋炒飯。我衝進廚房打開烤箱，原本飽滿的飯粒與火腿已經烤得脆如餅乾。

我繼續與荷蘭人聊天，雖然講著簡單的英文，卻是輕鬆愉快。我教他們說中文的

「你好」「我是大帥哥」「我愛妳」，他們則是教我說荷蘭文的「再見」「謝謝」，荷蘭文不易學，光是「再見」就有三種說法，但是我們你一句、我一句的聊著，卻是輕鬆愉快。顯然，非英語系文化的外來者，反而更容易用英語溝通、建立友誼。

這時候，一個身高只及我腰部的小女孩跑來牽我的手，將我拉到葡萄園旁的地下，六、七個赤腳的小孩圍著我坐下，原來，紐西蘭人即使在都市裡也喜歡光腳走路的文化，就是從小親近土地培養起來的。要我在台北這樣做，是絕不可能的。

我憑著當記者培養出來的記名字功力，一一背出小孩們的名字，他們高興得又叫又跳，直說我好聰明，一個小男孩拉著我，說要把我介紹給他的爸爸，因爲他的爸爸也很聰明。

「你爸爸是哪一位？」我問他。

「我爸爸是Nga Waka Wines的首席釀酒師羅傑（Roger Parkinson）！」小男孩一邊說著，一邊把漢堡戳進食指上，像是戴上超大的戒指，「你們看！這是我的魔戒！」他調皮的說。其他小孩見狀紛紛模仿他，一塊塊牛肉漢堡一一變成魔戒。

## 我不是外籍新娘

我走進屋內，果然，在雜誌上見過的幾個酒莊的釀酒師竟然都在裡面喝酒、聊天。

我湊近他們，他們正在聊著今年夏天的天氣，希望不會像前一年一樣再造成霜害，害他們做苦工，一天到晚擔心葡萄的生長狀況。

我覺得分外奇妙，沒想到一場BBQ可以見到這麼多名人。

約翰向他們介紹：「Goya是台灣得過新聞報導首獎的記者。」我第一次聽到他這樣介紹我，突然覺得不太習慣。

此時，一位男士伸長手向我走來，等著握我的手。「妳是Goya嗎？我是德國來的釀酒師克里斯汀，幸會幸會！妳房間的天花板上是不是貼著星星？燈一關就閃出夜光？那就是我四年前移民來時住的房間！」克里斯汀咧著嘴笑開來，笑容也感染了我。

「我眞高興，這麼多年來，終於有人能來這裡照顧約翰了！」他接著說。

我的笑容突然凍結。才想要對他解釋，他已經轉身走開了。怪不得前幾天約翰的朋友傑西一直曖昧的問我，約翰有沒有煮飯、泡咖啡給我喝？

我在沙發上坐下，方才牽我手的小女孩突然問我爲什麼住在約翰家，「小孩子不要亂問問題！」小孩的媽媽聞言馬上訓斥她。

我鎭定地解釋，我是休假來玩的，幾個月後就回台灣了，母女兩人才恍然大悟。我不知如何是好，悄悄地躲進房間裡，決定唸佛經來安定苦惱的心神。

我該如何應付這個窘境，難道大家以爲我是外籍新娘或是外籍傭人嗎？

天啊！

當人們漸漸散去，我回到屋內，正在看電視的荷蘭朋友問我方才怎麼消失了？我嚴肅不語。瑞克突然用中文對我說：「妳好！我是大帥哥！我愛妳！」我噗哧笑出來，揮揮手，用荷蘭文說：「再見！」

凱舉起大拇指說，我煮的蛋炒飯眞好吃，他吃完一碗，就發現已經被大家搶光了。

「你不覺得炒飯太乾嗎？」我驚訝的問。

「不會啊！酥酥脆脆的好好吃喔！」凱說。

想要打進不同的文化眞的不容易，比起made in Taiwan或兩岸關係，台灣美食顯然還是最簡單的方法。只是，我煮得一手好菜，好像更不容易洗刷「外籍傭人／新娘」的刻板印象了！

# 星空下的品酒會

喝酒其實沒什麼學問，
嚐一口，
只要你覺得喜歡（enjoy），就是好酒！

我在台灣上過幾次品酒課，在老師的帶領之下，品酒好像考試，總要裝模作樣，背會專有名詞，答出標準答案，而且，喝完酒，我的皮膚還會出現又紅又熱的酒疹。我總懷疑：品酒怎麼會有樂趣？

直到那一晚，馬丁堡規模最大的酒莊，Palliser Estate首席釀酒師艾倫（Allan Johnson）邀請我們到他家作客，我才見識到品酒的樂趣。

艾倫住在馬丁堡的郊區，門口種了好幾公頃的葡萄園，他說，種葡萄、釀酒本來就是他的興趣，即使下班之後，他也喜歡在家裡照顧自己的葡萄園。

走進房子，全套高級的胡桃木家具，室內品味優雅。艾倫說，這屋齡至少超過六十年，他喜歡老房子扎實的木頭與設計，於是他買了這塊地，就將這棟房子從別的鄉鎮「移屋」到這兒。

他帶領我們穿過臥房，來到屋後簷下的長廊。我不敢相信我的眼睛，因爲屋後約十公尺之外就是懸崖邊，視線再往前，就是另一座山的稜線。我眞懷疑，這棟房子該如何打造地基，才能在朔風野大的懸崖上固定，地震來時不至於滑到懸崖下？

我們坐在長廊椅上，艾倫先爲我們各自斟了一杯 Sauvignon Blanc 白酒，然後站在長廊邊的BBQ檯上烤牛排，一邊問我們要幾分熟的肉。向晚，粉紅色的日光慢慢在山後隱去，我們漸漸地忘了聊天，直盯著夕陽變幻爲星空的奇景。

## 九六年 Pinot Noir 配烤牛肉

牛排煎好了，艾倫拿出乾淨的水晶杯，再爲我們各自斟上一九九六年份的 Pinot Noir 紅酒，我嚐了一口牛排，牛排的肉質配上帶有果香與酸味適中的紅酒，口感眞棒！配上白酒就嫌清淡了。

閃爍的星空下，眼前這個爲我們烤牛排的人，就是釀出我口中美好葡萄酒的釀酒師，如果不是從台北來到這裡，怎能品嘗這原本遙不可及的幸福滋味！

在一九七〇年代，出身北島的艾倫就到澳洲攻讀葡萄酒學位。當時的紐西蘭葡萄酒產業初興，具有學位與專業經驗的人並不多，艾倫學成之後應聘到南島的酒莊工作，每年還到法國的酒莊取經、吸收經驗。後來，馬丁堡最大規模的 Palliser 聘請艾倫，艾倫也

就回到北島工作，一做就是十幾年。

與大多數馬丁堡的酒莊一樣，Palliser 最出色的酒也是紅酒 Pinot Noir，酒莊每年的葡萄酒產量大約是全鎮的一半，大多出口到英語系國家。

起風了，女士們一邊喊冷，卻又硬拗要在星光下品酒。艾倫拿了幾件外套給我們穿上，直到男士們也冷得發抖，我們終於回到屋裡。

進入餐廳，長長的餐桌上擺放著從一九九六年到二〇〇二年，不同年份的紅酒 Pinot Noir，這些都是他的作品。

艾倫引領我們在另一張餐桌上繼續用餐，除了方才的牛排，還有水果沙拉與馬鈴薯。我享用水果沙拉，啜著白酒，酒的甜味與果香使得生菜更爽口。

我的朋友，作家安佐（John Ansell）說，他想要抗議，爲什麼很多葡萄酒明明沒有太多的差別，但是葡萄酒產業從業者總愛分析、分級、分類葡萄酒，甚至還「指導」正確的喝酒方法，好像品酒、喝酒是一門高高在上的學問？

艾倫微笑，娓娓道來一個他年輕時的故事。

## 喝酒沒有學問

他說，多年前在法國酒莊學經驗的時候，一開始總是苦於無法以法文與人交談，後

來，他才發現，只要放開心胸，盡興享受葡萄酒，感情自然能融洽，儘管語言不通，也能順利溝通、把工作做好。

「喝酒其實沒什麼學問，嚐一口，只要你覺得喜歡（enjoy），就是好酒！」他一邊說，一邊舉起酒杯，喝了一口，只見他的兩頰鼓起，舌頭帶著酒汁在嘴巴裡翻動，接著，喉管鼓出皮膚表面，恢復平坦。

他的說法令在場的人鬆了一口氣，大家突然發現自己就是自己的主宰，不需要任何酒評的推薦與教導；談論的話題也不需拘泥於過去的品酒經驗。此時，安佐說起今天早上歷時一分鐘的4.5級地震。

寫詩、並且常公開演說詩作的安佐說，地震發生時，他在浴室不知該裸身奪門而出，還是繼續坐在浴缸，驚嚇不已。約翰說，他當時正在修理屋頂，很怕摔到地上。艾倫則說他正在辦公室裡。

輪到我了，我說，今早被搖晃的房子震醒，我拉開窗簾，看到樹葉都晃得要掉光了，連剛住進隔壁旅館的房客也都跑了出來，我卻是放下窗簾繼續睡。原因有二：這樣的地震規模在台灣司空見慣；木造房屋的耐受力大，不像台灣的鋼筋水泥那麼脆弱。地震繼續搖，我就繼續睡，晚上才有體力品酒！

大家張大嘴巴望著我，連酒都忘了喝了。

「這樣的地震對我們台灣人太平常了。」我描述幾年前九二一大地震時的災情，當時我被摔到床下，第二天才知道家附近的東星大樓倒塌，死傷慘重。

我對九二一災情的描述大概是太悲慘了，令在場的人鴉雀無聲。我心想，再嘗試加碼做好國民外交吧。我說，當時許多國家都在第一時間派人來台協助救災，美國、日本、加拿大，甚至是南半球的紐西蘭，令台灣人民覺得好感動。台灣人從九二一的外國援助中學到經驗，現在，南亞發生海嘯，台灣也在第一時間派人到南亞協助，大自然就是這樣讓人類團結在一起的。

說到這裡，艾倫的眼睛紅了，不知是因爲喝太多酒，還是眼眶濕了。他說他眞的很感動，原來小小的紐西蘭眞能對全球有大貢獻。

艾倫爲大家斟了另一杯紅酒，我嚐了一口，對艾倫說，這酒酸澀多了，先前那杯紅酒則溫潤、順口。

他以一種不同的眼光看著我，微笑地解釋，這杯是二〇〇二年份、屬於年份較輕的紅酒；先前喝的是一九九六年份，酒已經保存九年，而且當年收成的葡萄品質佳，喝起來的確不同。「謝謝妳喝出它們的差別，我會繼續精進的。」艾倫詢問我們的意願，繼續斟了不同年份的酒。

## 好酒、美景與輕鬆的心情

安佐問，爲什麼同一家酒莊的同一品種的酒會有口感上的差異？

艾倫解釋，氣候對葡萄酒的生長影響很大，天氣好的年份，同一產區的同一品種的葡萄，怎麼釀都是好酒。但是如果天氣過度乾旱，或是太濕冷導致葡萄遭受寒害，葡萄的品質與收成就會遭受考驗，這時候就看釀酒師的功力了。所以有時候儘管是不好的年份，還是有酒莊釀出品質很好的酒。

品酒的樂趣是什麼？

我喝著酒，暗自在心中寫下一張清單：一瓶我喜歡的好酒、簡單自然的食物、美景、動人的話題與輕鬆的心情。

當晚，從艾倫居住的山巔郊區開車回馬丁堡，整條路黑暗無燈，天上星星閃閃發亮，與鎮上的燈光互相輝映，我用力記住當下的感受。

回到家，我驚訝地發現，我的身上沒有一點兒紅熱的酒疹反應，這是怎麼一回事？這令我頭痛多年的徵狀是怎麼消失的？是因爲紐西蘭的好酒？我輕鬆的品酒心情？還是健康安適的身心？我沒有答案。

或許，當我回到北半球，在星夜裡再度享受美酒與美食時，答案就會浮現了吧！

# 葡萄園教我的第二堂課

## 逐夢——幸福人生的夢想計畫

他是我生命長假中最有意義的紀念，
紀念一段上天的安排、
北半球人出走南半球的心靈療癒，
以及，遺憾得以釋懷的心靈相遇，
幫助我把握每個今天，時刻往夢想前進。
因為，我的「托斯卡尼」，不再遙不可及。

# 療傷葡萄園

←如果推開落地窗，就能眺望一整片葡萄園，
無邊延伸至雲端，該有多好！……
原來，我嚮往的夢幻美景，
竟是珍妮的「療傷」葡萄園。

如果推開落地窗，就能眺望一整片葡萄園，無邊延伸至雲端，該有多好！

當我隨著鄰居來訪馬丁堡北邊，佔地面積比馬丁堡更大的葡萄酒產區霍克斯灣，我就偷偷地這樣嚮往。沒想到，鄰居的朋友珍妮就住在這樣的夢幻美景裡，令我好不羨慕。

「有絕佳的景觀固然很棒，只是，這裡不僅是我的住處，也是我工作的地方。」擔任酒莊經理的珍妮在充滿陽光的廚房裡準備紅酒，同時回應我的讚嘆。

## 喝紅酒佐 Pizza

珍妮的別墅築在山丘上，往下遠眺，葡萄樹順著山坡坡度無限開展，與天空中的浮

雲接合，是一種絕美的韻律。一百四十公頃的廣大佔地，將近二十八個足球場大，種植十種以上的葡萄品種。

「這麼大的葡萄園，該怎麼管理與照顧？」我充滿疑問。

她的工作步調給了我答案。

早上七點，葡萄園工人準時來上班，晚上七點工人下班了，珍妮卻還在忙著統籌葡萄園裡的大小事，包括照顧各種葡萄品種植栽、分派工作、接洽外賓、舉辦品酒。「午餐？我通常是想起來才吃，我想想，我今天有沒有吃午餐啊？」她歪頭回想，「喔！大概下午兩點吃的，我同事看到我坐下來吃東西，還大叫說，我真不敢相信，妳真的坐下來了！」她模仿同事的語氣笑著說。而今天她聽說我們要來拜訪，甚至拜託我們替她外帶**pizza**。

晚上八點鐘，霍克斯灣餘暉四射的夕陽下，我們坐在露台上，眺望葡萄園美景，喝紅酒佐**pizza**，共進晚餐。珍妮啜了口紅酒說：「每天都有做不完的工作，如果今天不是你們來，我現在可能還在工作。」

我凝視珍妮的臉，她雖是道地紐西蘭白人（KIWI），皮膚卻呈現著黃黑色，兩頰堆滿雀斑。陽光孕育了芳香飽滿的葡萄，卻也曬出她黝黑的皮膚與皺紋。

儘管吃完晚餐，珍妮依然無法喘息。

▲ 位於馬丁堡北邊的葡萄酒產區霍克斯灣。

▲ 酒莊經理珍妮的別墅築在山丘上，葡萄樹順著山坡坡度無限開展。

珍妮開車帶我們巡視她管轄的葡萄園，一一解釋品種。車子開到懸崖邊，珍妮指著天邊的夕陽說：「傍晚，我會把車開來這裡，看著夕陽從雲端落下，覺得一切都好美。」我下車察看懸崖，深度莫測，難以辨識。

晚上九點鐘，夕陽下山，我們回到別墅，珍妮走進廚房，調製沙拉、研究甜點食譜，作爲明天品酒的餐點。此外，明天一早還要請工人把露台上的帳棚搭好，以免天雨破壞了品酒行銷的美事。

我先前認識的大多數紐西蘭人都說，工作與生活的平衡，是他們極爲強調的價值觀。但是，眼前的珍妮，卻是「生活中有工作，工作中有生活」。

看著與我同年紀的珍妮忙進忙出，我彷彿看到台北職場裡的自己。

## 工作是療傷的工具

是什麼原因，讓她過得這麼不同？

曾在紐西蘭著名的幾個葡萄酒產地：馬爾堡（Marlborough）、馬丁堡工作過的她，去年接下霍克斯灣這個大酒莊的經理職務。雖然只是每年一任的工作契約，她還是戰戰兢兢，希望做出好成績。

這就是全部的原因了嗎？

晚上，我們留宿在這美麗的別墅裡。「妳不介意的話，就住在我女兒房間好了。」她說完，關上門，留下我呆立在粉紅色、裝飾許多娃娃與玩具的房間裡。我端詳牆上照片，才發現，原來她已經有一個可以唸小學的女兒了。

原來，工作是珍妮療傷的工具。

幾年前，珍妮與前夫離婚，不料，前夫卻獲得監護權，珍妮傷心不已，於是獨自來到霍克斯灣的莫頓酒莊，全心投入工作。偶爾，女兒獲准來別墅與珍妮同住，那是孤單的母親重獲歡笑的時刻。假日，如果沒有人來訪，珍妮會騎著登山車，挑戰崎嶇的山路，累了就休息，等待黎明到來。

聽完故事，我轉身躲進葡萄園，淚眼涔涔。

原來，我嚮往的夢幻美景，竟是珍妮的「療傷」葡萄園。

「人到死都是孤獨的，如果妳遇到感情與工作的兩難，請選擇工作，因爲，工作不會背叛妳，但是感情卻會背叛妳。」我想起我遭遇情傷時，好友Cindy曾經送我的一句話。

有時候，人就是無法「放自己一馬」，總要用另一種痛苦來移轉原有的痛苦。

站在療傷葡萄園，我許下願望，希望有一天，珍妮能與女兒快樂地推開落地窗，日日同賞這片延伸至雲端的難得美景。

# 學海獅做日光浴

旅程一定是有目的地嗎？
現在的我，如果不是走出職場的慣性軌道，
怎可能像海獅一樣隨性地躺在這裡，
曬太陽的目的只為了曬太陽？

馬丁堡東方的白石（White Rock Station）海灘，是個風景極美的海釣地點。當馬可說要帶荷蘭朋友凱與瑞克一起去釣魚，我欣然同行我想，台灣是個海釣天堂，我竟然要等到放長假，來到紐西蘭才學釣魚，豈非可笑？

顛簸的山路害我吐得稀哩嘩啦，頂著烈日、提著釣具徒步約一小時只爲了尋找好釣點，涉過河水與海水交接處的暗流，我差一點被突如其來的大水捲走。好不容易在釣點蘑菇了半小時，繩子動了，好重，會不會是大魚？用力拉繩，只釣上來一串令人噗哧一笑的海草。

## 和海獅做朋友

我們繼續往岸邊尋找理想垂釣處，竟然發現一個難得的天然海獅棲息地：上百隻海獅棲息岸邊，這彷彿國家地理頻道的景象，活生生跳進我的眼前。

每一塊石頭上都躺著棕黑色的海獅，懶洋洋地曬太陽，偶爾轉過身，視線穿透過長長的鬍鬚，偷偷地瞧我們。

馬可說，海與岩石是海獅的安全地帶，如果有人侵入這安全地帶，可能就會遭海獅攻擊。我向前稍踏一步，一隻海獅倏地以雙鰭撐起全身，尾鰭拍一下岩石，撲通一聲跳入海中。隨即，其他海獅紛紛向海邊移動，一邊朝我看過來，一邊做出預備跳水的姿勢。

我沒再向前靠近，牠們也就靜止不動，荷蘭朋友們找了個高高的岩石觀察牠們，我偏不，我找了個傾斜三十度角卻平穩的大岩床，側身躺下來，左手撐著頭，開始向海獅們微笑。

我．就．是．要．跟．你．們．做．朋．友。

我的微笑是很眞心的，我認爲凡是動物都無法抵擋眞心純潔無害的微笑。

不出幾分鐘，一隻海獅爬上岸曬太陽，水滴從油亮亮的皮膚滑下，立時在岩石上形成一個小水穴，我這才明白，青白色岩石上的黃色水漬，正是海獅游完泳，從身上流下來的海水。

此時，另外五、六隻海獅紛紛挪移身體，朝我移來。

我學著牠們放鬆肌肉，躺在岩床上，彷彿我才游了泳、正在做日光浴。我前方的海獅們一副純眞的表情，不時搖搖頭、擺擺尾，愈來愈靠近我。

突然，我棲身的岩石下方，傳來巨大的水聲，一隻海獅游過來靠近我，而前方岩石上的海獅再度朝我移來，好幾隻還朝天空發出叫聲。「不會是要求偶或攻擊吧？」念頭閃過腦海，我整個從放鬆狀態跳了起來。

我的大動作應該是嚇到牠們了。說時遲，那時快，牠們突然靜止不動，恍若跟我玩著「一二三，木頭人！」遊戲，我大笑起來，躺回我的岩床，繼續學牠們做日光浴。牠們沒事般，逐漸移回我周圍的岩石。

陽光熱力不斷加強，牠們曬夠了就游泳，好不愜意。

## 旅程不需要目的地

自從工作以來，我去過十幾個國家，大多以出差採訪爲主，許多人總羨慕我可以出差旅行，卻不知道我的行程總不外乎機場—受訪公司—飯店—機場。很少有機會漫無目的的旅行，像現在這樣全身成大字形，放鬆地曬太陽。知名的精神科醫師兼作家王浩威曾跟我說，許多人總嚮往漫無目的的放鬆，但是被問到是否要到偏遠小島去旅行時，大

多數人第一個反應是問：「手機會通嗎？」

我想，把生命的行程交由工作來主導，應該是人類面對工作與生活時的最大矛盾吧。

旅程一定要有目的地嗎？現在的我，如果不是走出職場的慣性軌道，怎可能像海獅一樣隨性地躺在這裡，曬太陽的目的只爲了曬太陽？

起風了，當我曬到全身發熱、臉上發燙時，決定起身離開這處海獅樂園。豔陽下，我的海獅朋友們並未再被我起身的動作嚇得跳海；牠們張開鬆鬆的眼皮，以目光默默向我道別。

# 風雨中的避難小屋

伸手不見五指的黑暗中，
狂風幾乎要吹翻我身處的避難小屋。
難道我真會在紐西蘭喪命？
我驚駭不已。

晴日下的白石海灘，美得讓我甘心當一朵海邊的向日葵。我們原本要在海灘露營，但是，傍晚卻捲起一陣風，只見風愈來愈大，我們才決定到附近的牧場借宿。我們來到牧場，一群剛剪完毛的小羊瞪視我們這群陌生人，趨前一問，才知道剪毛工人已經把牧場房間住滿了。

我們開車回頭，狂風把海浪吹得高聳如海嘯，風吹得連馬可的四輪驅動車的車體都震動不已。「天色還早，我們要不要乾脆回馬丁堡算了？」荷蘭人凱問。馬可說，回程的路既窄又崎嶇，他知道這附近有一個政府設立、專門給登山客住的避難小屋，不如大家今晚住那裡吧。

我們都不知道，一個小小決定，結果卻令人畢生難忘。

## 穿越路障尋找避難小屋

馬可說，山崖後面就是避難小屋。於是我們沿著海岸線往山崖的方向走，馬可擔心翻車，於是車開得很慢，在草地與礫石路上行進。狂風吹起岸邊高大的野草，此時，原來被野草掩蔽的一個巨型路障，突然現身。馬可下車查看，鐵門深鎖，路標上寫著：「此地為私人財產，請勿任意進入；若要前往避難小屋，請在此停車，步行前往。」

我們傻眼了，前方只有山崖，避難小屋的影子都沒見到，在這種狂風下，等我們找到避難小屋，恐怕已經天黑了吧？

無奈，我們停下車，各自扛起一捲棉被、背包，往目的地方向走去。荷蘭人們還多扛著睡袋與幾大袋糧食，我低著頭想，如果是跟台灣男生出來，他們會多為女生擔待一些重負嗎？

穿越路障，風從四面八方狂襲，我們必須蹲低姿勢，才能往前走，步子走得異常緩慢，有時候風太強，我幾乎是寸步難行，只好蹲下來，等這陣強風過去，再往前走。什麼是「避風頭」？在大自然的實際操演下，現在的我，終於體會到。

儘管步履艱難，倒也走了幾十分鐘，眼看著距離山崖邊還有二十分鐘路程吧，此時，右方出現一座小房屋，馬可興奮地說，也許是設路障的人所有，「你們扛著東西繼

▲荷蘭人瑞克（左）、馬可（中）、凱（右）與我一起經歷狂風暴雨的夜晚。

▲伴我們度過暴風雨夜晚的紅色避難小屋。

續走，我去問問看他們可不可以幫忙開路障的鎖，如果可行，我就能把車子開進來，大家就不會扛得這麼辛苦。」他的聲音爲我們帶來一絲希望，鼓舞著我們。

我們繼續牛步往前，一邊回頭看他，我們的頭髮都被吹得雜亂無比，就跟路邊的野草一般。只見馬可的身影愈來愈遠，沒入小屋，接著，一輛紅色汽車從小屋開出來，緩緩地往路障開去。「太棒了！」我們大喊，索性把棉被放在地上，蹲坐著等馬可。

當冷風吹得我們直打哆嗦，馬可的黑色四輪驅動車已然開到，我們把行李、棉被一股腦丟進後車廂，關上門，就躲進車內取暖。

好不容易把車子開到山崖邊，山崖與海崖連成一線，再也看不到任何一條道路，「奇怪了！往避難小屋的路呢？怎麼不見了！」馬可很疑惑，倒車繼續找路。

## 懸崖邊的小徑

避難小屋是我們的生命所寄，除了馬可之外，沒有人知道該怎麼去。馬可在窄小的山徑上艱難地迴轉車子，在附近搜尋了兩遍；愈是找不到路，神情愈是焦躁。忽然間，馬可停下車，拳頭重重敲在方向盤上，茫然地瞪視窗外。車內的氣氛凍結般，無人敢發言。

約莫幾分鐘後，馬可滿臉歉意地說：「對不起，我找不到原先那條車行的道路。我

看，我們先別拿行李，先沿著懸崖旁邊的小徑走，看看會不會發現那間避難小屋。」

我們下了車，在小樹下避風的兩頭牛滿臉疑惑地望著我們。懸崖邊的小徑是礫石路，大約是四十至五十度左右的陡坡，只能容兩人通過，只要一不小心，就可能掉下，被充滿巨浪與礁石的海吞沒。

馬可與凱幾乎是用跑的在前面，我和瑞克則是步履蹣跚。

不一會兒，馬可與凱，興奮地跑回來說：「到了，避難小屋就在前面！」不料，雨淅瀝地由天而降，我突然失笑，這是怎麼了？難道是，天將降大任於斯人也，必先苦其心志，勞其筋骨嗎？

馬可一邊要我繼續往前走，一邊指揮凱與瑞克回車上搬行李與棉被，「可是我也應該一起搬的。」我堅持，沒想到馬可更堅持，「妳比較嬌小，不要勉強再走一趟，妳放心先去等我們，我們隨後就到，會把妳的東西帶過來。」

風強雨大，我低著頭繼續往前走，轉過好幾個大彎路，終於看到一棟紅色小木屋，窩在山坳裡。我遠遠望著這避難小屋，反而害怕了，心中湧起不祥，我不知道裡面藏著什麼？會發生什麼？轉念一想，如果沒有跟著他們來這裡，我怎能覺知自己對生命的強大期盼？又怎能體會到風雨飄搖的緊要關頭時，他們如何體貼照顧弱小的夥伴？

## 被風吹走的流動廁所

我不敢先進屋，只好在一塊巨石旁停駐，直到他們三人前來，才一同進屋。屋子三面是木牆，一面是窗，五百公尺之外，正是捲起狂風巨浪的海。

走進房子，大家如釋重負。房子裡面有著一整排大通舖、兩個破舊的床墊、一方桌子、簡單的流理台、一個壁爐，地上散落著燒爐火的木塊，沒有電，我們只好就著窗外紅得詭異的落日，迅速吃完晚餐、洗臉。

「我想上廁所，這裡面好像沒有廁所喔？」我問。

「喔，請等一下，我們去處理一下。」馬可說完，帶著凱出去，幾分鐘之後狼狽地回來。「呃，流動廁所被風吹倒了，我們兩人剛才怎麼樣都沒辦法把廁所扶正……」馬可解釋。「所以，可能要請妳像牛一樣，躲進樹林裡面上廁所囉！」二十二歲的凱開玩笑說，頓時，屋內的氣氛輕鬆不少。我一邊謝他們，一邊走到屋後，找了一片樹林，自己都覺得啼笑皆非，說實在，多年來過於依賴便利的都市生活，我幾乎遺忘了年少時從童子軍訓練活動中習得的野外求生技巧了。

我在樹林裡撿了不少枯樹枝，回到屋子，才準備生火，凱與瑞克卻突然起身對我說晚安。

「你們要去哪裡？爲什麼不留下來？」我驚訝失色。

「這裡只有兩個床墊，以這種寒凍的天氣，我們如果只睡在木板通舖上，一定會生病，所以我們兩人決定回車上睡，空間小，至少比較溫暖。」凱眨著疲倦的眼睛對我說，我無從分辨他心裡在想什麼，只覺得他們像是兩個顧全大局的英雄，成全另外兩個筋疲力竭的夥伴。勸了一會兒，我只好看著他們又扛起棉被，搖搖晃晃地往懸崖邊的小路走去。

「別擔心，我知道他們，他們都是我以前在荷蘭的學生，他們不會有事的。」馬可安慰我。

我蹲在壁爐前生火，當紅霞從窗外一點點散盡光芒，光源，就只剩下壁爐內躍動的火了，怎知狂風自煙囪灌入，木頭愈燒愈猛烈，我不斷添加木材，只是，爐邊的木頭愈來愈少。

我這才知道，原來我是這麼恐懼黑暗降臨，我不知道，黑暗中會發生什麼意想不到的事。馬可察覺我的不安，於是坐在桌邊，輕輕說起他的故事。

## 在馬丁堡找到平靜

三十五歲的時候，馬可離開荷蘭，到南美洲、西藏、亞馬遜河流浪，只爲了尋找一

個理想的地點，身爲網球教練的他，每到一個國家就以這項技能謀生，他很喜歡南美洲，可惜在那裡的收入過少，他很喜歡亞馬遜河，只是他更想要在一個平靜的地方過活。直到兩年半前，他終於發現理想的地點：紐西蘭的馬丁堡。現年三十九的他說，他不要阿姆斯特丹那樣緊湊的工作與生活節奏，他只希望擁有自己的一個小葡萄園，每天打球、品酒，過著自在、舒服、沒有憂愁的生活。

「你爲什麼來馬丁堡？」他反問我。我則告訴他，關於我在壓縮、緊湊的大城市裡得不到喘息的相似故事，不同的是，我的故事發生在台北市。

「妳爲什麼不結婚？」他問我。我說，找到相愛的人共組家庭是個理想，不過，在台灣社會，離婚者很容易被污名化，我不希望衝動結婚；或是奉子成婚，最後再倉卒離婚，所以對於婚姻，我總是審慎評估。

不待我反問，他說，他離過婚，對婚姻早已經失望，未來是不會再婚了，除非遇到對的人。

風襲擊著玻璃窗，火焰跳動得很快，我往火爐裡丟進最後一根木頭，轉頭對他說：「祝福你找到合適的對象。」我看不清楚他的臉，也許是我眞的疲倦了吧。就著殘餘火光，我們互道晚安，在各自的床墊睡下。

我緊閉眼睛，試著丟開狂風的怒吼，怎奈，無論我怎麼嘗試，總是無法進入夢鄉。

好一陣子，我以爲我已經沉睡，忽然間，天搖地動般的震動卻把我搖醒，伸手不見五指的黑暗裡，我感覺整座木屋就要被捲走，難道我會在紐西蘭喪失性命嗎？儘管我在心中喃喃唸著佛經，恐懼與不安依舊充盈全身每一個細胞。

## 陪我跨過恐懼的高欄

「馬可！你睡了嗎？」我小心翼翼的對黑暗說，這黑暗比閉上眼睛來得深邃無邊。

「妳還沒睡嗎？」馬可顯然被我喚醒。

「我害怕，我睡不著。」我幾乎是本能地發出求救的訊息。

「我能爲妳做什麼嗎？」他說。

「可以陪我說話嗎？」我知道他開車一整天已經累了，但是我實在是太過恐懼。

於是，整夜，他陪著我說話，直到我終於昏沉睡去。

當清晨的陽光穿刺我的眼皮，我轉身，看見身邊床墊上的馬可，還睡得像個孩子。

門開了，凱與瑞克走進來，「嗨！睡得好嗎？」我問他們。

「腰痠背痛的，整個晚上，車子好像快要被吹翻了，我們一點窗戶縫都不敢開，聽起來鬼哭神號，怪可怕的！」凱一邊說，一邊抓起桌上的食物，坐下來猛吃。

暴風雨過後的清晨，海面平靜無波，誰能想像暴風曾在昨晚猛擊我內心最深切的恐

懼？

馬可醒來，對我眨了眨眼，好一個友善的表情。

感謝這群荷蘭人，以最體貼的方式，陪我跨過恐懼的高欄，往我下一個人生的挑戰前進。

## 保險與醫藥

我出國前都會先買旅行平安險，並且把緊急事故發生時，跨國聯絡電話號碼，以及就醫時需要請醫師開立的單據，可不可以叫救護車或是直升機等資訊，寫在我的隨身筆記本裡。至於醫療，因為紐西蘭採行家庭醫師制度，不像台北這樣大醫院林立，或是綜合醫院、診所林立的現象。建議最好在台灣先買一些常備藥品。

紐西蘭的氣溫一般較台灣低，空氣比較乾燥，建議帶含霜與水分多的乳液，千萬不要帶台灣那種含油成分低的乳液，否則就會需要不時補搽乳液。紐西蘭的早晚溫差大，即使是夏天，早上的氣溫也可能只有十八到二十度，所以一定要帶長袖外套，多穿長褲。另外夏天日頭赤炎炎，一定要記得防曬，否則回台灣會被誤以為是到巴里島曬太陽去了。

# 葡萄園教我的第二堂課

← 來到這裡之後，我才恍然大悟，
原來，釀酒師大多數時間都在當農夫。

「好羨慕妳住在葡萄園！妳幫我問問，買一個葡萄園要花多少錢？我想移民到紐西蘭！」台灣好友 Tito 在 MSN 上問我。

我來到馬丁堡之前，就跟 Tito 一樣，以爲投資一個葡萄園、自己釀酒是件高尚、優雅、美妙的事；而釀酒師也只要在室內品酒、分析就可以。

來到這裡之後，我才恍然大悟，原來，釀酒師大多數時間都在當農夫。

每天早上八點整，分秒不差。庭院前方總會傳來一陣男聲的呼喊：「Come on！Molly、Henry、Julie！」隨後會聽到幾聲馬爾濟斯犬吠。

那是 Benfiled & Delamare 酒莊的經營者兼釀酒師比爾（Bill Benfield），帶著寶貝狗兒來巡視他的葡萄園。每次，母狗 Molly 總是帶著另外兩隻小狗從葡萄園越界來到我所在的庭院，惹得比爾高聲制止。這時候，我總是放下早餐的刀叉，推開落地窗，走上前跟狗兒行注目禮，與比爾打招呼。

每天，我都可以看到比爾戴著帽子，駕駛有著兩支超大機器手臂的農耕機，來回穿梭在葡萄園的走道中，凡是農耕機經過的地方，多餘的葡萄藤與樹葉應聲而落。「葉子太多了，會吃掉葡萄的養分，要定時清理才行。」他說。

一天早上，天色陰暗，比爾對我說：「妳看了氣象預報了嗎？接下來會有幾天下雨，氣溫很低，我待會兒就要來給葡萄做Spray，預防霜害。」他迅速地遛完狗離開。接著，他又戴著口罩，開來農耕機，噴霧隨著嘈雜的馬達聲佈滿整座葡萄園。

我計算了一下，平時的白天，不論早上或下午，比爾都在葡萄園忙著，不是檢查葡萄的生長狀況、除草、除蟲、噴霧，就是整理葡萄藤，只有星期六、日，他才會在酒莊的品酒小屋招待品酒的遊客。

看來，除了軍官與學生之外，沒有比當農夫或釀酒師更需要紀律的了。這怎麼會是我印象中優雅、自在的釀酒師？

我把我的疑問丟給另一位釀酒師艾倫，他說，釀酒師白天當農夫，回到辦公室還要運用諸如有機化學、細菌學等理論來分析前幾年存放在橡木桶裡的酒，決定如何釀酒，或者是否要裝瓶推出，而這些都須依多年的品酒與釀酒經驗來判斷。

我把同一問題拿來問另一位釀酒師克里斯汀，他大笑不已。他說他除了照顧葡萄、釀酒之外，還要負責把酒銷售到國際上，每天累得一上床就呼呼大睡。「妳要不要幫我

們推展台灣市場？」他反問我。

因爲長期曝曬在陽光下，大多數馬丁堡的釀酒師臉上有著比實際年齡更多的黑斑與皺紋。聽說馬丁堡有一位知名釀酒師因爲長期日曬得了皮膚癌，可見這個工作對健康的殺傷力。

我沒有問出買一座葡萄園的價格，不過，我很慶幸，我在生活中了解到釀酒師的工作實相，否則，萬一害得另一群台灣人傻傻地來買葡萄園退休、移民，可是我的罪過呢。

▲馬丁堡的Benfield & Delamare酒莊。

◀即使是身為釀酒師，比爾仍要開著農耕機下田工作。

# 夏天的耶誕節

← 車子開動了，冷氣還沒將車上的溫度降溫；
收音機卻傳來瑪莉亞凱利雪中送炭似的、熱情的耶誕歌聲。

「沒下雪，天氣熱得要抓狂，大家還在海灘上衝浪，眞的很難想像耶誕節要到了！」來紐西蘭旅遊近一個月的荷蘭朋友凱在燠熱的陽光下一邊揮汗採購禮物，一邊「碎碎唸」。

假期將近，馬丁堡不少來自外地的工作者，不論是釀酒師或園藝家，大約都準備好過節禮物，早早打道回府。馬丁堡一夕之間冷清不少。

即將搭機返回阿姆斯特丹過耶誕節的凱，特別挑選了紐西蘭國家橄欖球隊 All Blacks的球衣作爲弟弟的耶誕禮物，但是買了之後才想到，弟弟在荷蘭大雪紛飛的寒凍夜裡打開禮物，看到這件短袖球衣，恐怕會大失所望。「已經買了，還是希望他會喜歡。」凱自我安慰。

雖然我不是基督徒，不過，耶誕節來臨，我還是想要跟住在奧克蘭的大姐共度。於是，耶誕夜當天，我飛到奧克蘭的大街上買禮物。氣溫超過三十度，聽說台北的氣溫降

到攝氏兩度，令我難以想像。

路上的車輛眾多，不少汽車後面牽著一個大拖車，上面是一棵棵如假包換、剛從山上砍下來的耶誕樹。

## 望塵莫及的長假

以英格蘭移民為主的紐西蘭社會，還是保存著濃厚的西方基督教文明，對紐西蘭人來說，在家裡準備一棵耶誕樹是天經地義的事。

我想起好友Iris家準備的塑膠耶誕樹，從台灣移民到紐西蘭的她，倒是覺得耶誕節比較像是應景的節日；而寄宿家庭主人約翰因為是單身，所以當他的母親發現他沒有在客廳佈置耶誕樹時，著實嘮叨了他一頓；另一位友人珍妮也準備了耶誕樹，等待女兒回家共度耶誕節。

我最羨慕的是，從十二月二十三日開始，大多數公司行號就開始放假，最多一直放到隔年的一月十五日，整整將近三個星期的長假，大多數人過完耶誕節就攜家帶眷到海邊露營、度假，終日喝啤酒、BBQ，不看電視、不聽收音機，與外界隔絕，好不愜意！這實在是工時多、工作日長的台灣人望塵莫及的！聽說屆時連大城市都會宛如空城，難怪大家要趕著在耶誕節前夕上街大採購，深怕晚了一步，商店就關門大吉了。

## 穿上泳衣過耶誕

此時，一間大型百貨公司的櫥窗吸引了我的目光。

大門左邊櫥窗裡的塑膠模特兒穿著最新的比基尼泳裝，向行人搔首弄姿；右邊櫥窗裡，地上擺滿耶誕紅，閃亮亮的耶誕燈飾點綴在耶誕樹上，各式各樣的耶誕老公公、麋鹿、雪橇、唱詩班、教堂、聖母像、玩具兵，從櫥窗延伸到整個賣場。

我走進店裡，身穿短袖的店員們，正在爲大排長龍的顧客結帳、包裝禮物，當她們低頭按收銀機時，頭上戴的應景麋鹿角總是不偏不倚地敲打顧客的頭。「對不起！」她們說。

揮汗如雨、人山人海，有一剎那，我彷彿目睹台北SOGO百貨的換季搶購場景，還好，膚色與耶誕節紅通通的色彩提醒我，這裡是紐西蘭的耶誕節購物季。

我買了禮物，頂著烈日過馬路，一上車就汗流浹背，急著脫外衣。

車子開動了，冷氣還沒將車上的溫度降溫，收音機卻傳來瑪莉亞凱利雪中送炭似的、熱情的耶誕歌聲。

這是我在南半球的耶誕節初體驗，此刻，我只想換上泳衣，跳進泳池，來個冰涼的耶誕節！

▲ 南半球的聖誕節是炎熱的夏季，櫥窗裡的模特兒穿著最新的比基尼泳裝。

# 雲霧之灣的況味

←首席釀酒師，
不是紐西蘭人，也不是澳洲人，
而是一名來自英國的業餘攝影師……

爲了好好地在奧克蘭與移民來此的大姐共度耶誕節假期，我爲自己準備了幾本好書，只差一瓶好酒。

沒辦法，不論是在馬丁堡、威靈頓或是奧克蘭，只要我拿著酒站在收銀台結帳，總會被問到這句話：「小姐，抱歉，可以讓我們看一下妳的ID嗎？」而我總是愣一下，才發覺自己又忘了帶護照出門，只好望酒興嘆。

我不禁懷疑，是我長相太年輕，還是西方人眞的很難分辨東方人的長相？

前幾天，姐姐開車帶我到奧克蘭更北邊的酒產區馬卡塔那（Makatana），她說要買白酒Sauvignon Blanc來嚐嚐，我說：「人生短暫，一生能喝幾瓶好酒呢？」於是，我堅持請她帶我到奧克蘭的大型經銷商批發商場，在八排滿滿的葡萄酒貨架中，沒挑馬丁堡的酒，反而挑了紐西蘭國寶級酒莊：雲霧之灣（Cloudy Bay）酒莊，二〇〇二年份的白

酒 Sauvignon Blanc。

這回，就讓老姐爲我結帳吧！我再也不需要被看作青少年，被要求出示護照了。

姐姐邊結帳，邊疑惑地問我：「爲什麼會買這瓶產自馬爾堡的雲霧之灣？」

「朋友說，紐西蘭白酒在國際上大紅大紫，就是靠這一支酒。我還沒喝過，當然要試試看囉！」我說。

其實，這是表面的理由，眞正的內情是，我聽說，兩年前，作家朋友安佐在威靈頓舉行新書發表會時，駐紐西蘭的一個外國外交使節就送來一大箱雲霧之灣的白酒 Sauvignon Blanc 祝賀，惹得滿場書迷喜出望外，後來，安佐夫婦收了幾瓶起來，自己品嘗，大嘆驚爲天人。

聽過這個故事之後，我就滿心期待哪天可以將雲霧之灣選來作爲我的節慶特選酒。今天，幸運的我總算如願以償。

## 品嘗土地的濃郁果香

人們說，雲霧之灣是一則紐西蘭葡萄酒的傳奇。

一九八五年開始，雲霧之灣酒莊設立，只種植一種品種，釀單一品種的酒——Sauvignon Blanc。而且，瓶裝設計典雅、簡明。白色標籤上一層層雲霧籠罩著山巒，聽

說，那正是酒莊平時所見的景色。

很快的，雲霧之灣的葡萄酒參加國際葡萄酒競賽，紐西蘭的特殊果香味與清淡口感贏得評審的心，也史無前例地爲紐西蘭白葡萄酒打下國際知名度。

我一邊品嘗雲霧之灣，淡雅、芳香，眼睛，卻盯著一本紐西蘭葡萄酒莊攝影集不放——《品嘗土地——創造紐西蘭好酒》（*Tasting the earth, creating New Zealand's fine wine*）。鏡頭下，葡萄由翠綠嬌羞到收成的萬紫千紅，比酒更引人想像。其實，執這本書的攝影大任的，就是雲霧之灣的首席釀酒師，鼎鼎大名的凱文賈德（Kevin Judd）。

翻開書後面的凱文照片，一股文藝氣質寫在臉上，修飾了紐西蘭釀酒師常有的農夫粗獷味。我眞的很好奇，這位釀酒師兼攝影師如何能一邊釀出國寶級的酒，同時又拍出這麼動人的攝影照片？

雲霧之灣雖然是紐西蘭的驕傲，但是，首席釀酒師凱文其實是個英國人。而且，酒莊老闆是澳洲人。

澳洲人大衛（David Hohnen）原本在澳洲經營酒莊，有一回，一群紐西蘭釀酒師帶了紐西蘭的 Sauvignon Blanc 請他品嘗，他一喝，對果香大爲讚嘆，還說：「這種濃郁的水果特質是澳洲酒絕不可能有的！」接著，大衛來紐西蘭南島北端的馬爾堡考察，他覺得馬爾堡的氣候涼爽，釀 Sauvignon Blanc 酒的潛力無窮，於是發下豪語：將來要在此地

設酒莊，不成功，不回澳洲。

一九八五年，他設立酒莊，名爲雲霧之灣，正是一七〇年時，發現紐西蘭的庫克船長航行到此地時所命的名字。

## 業餘攝影師的釀酒學位

要釀好酒，需要一個好釀酒師，大衛聘請的首席釀酒師，不是紐西蘭人，也不是澳洲人，而是一名來自英國的業餘攝影師凱文。

凱文在澳洲拿的是釀酒學位，在澳洲的另一個酒莊工作時，大衛就很欣賞他釀酒的純粹、清爽口感。

凱文喜歡攝影，尤其是拍攝大地孕育出來的葡萄、葡萄園風景與酒莊裡的工作者。當大衛提議聘請凱文到紐西蘭擔任雲霧之灣的首席釀酒師時，凱文欣然接受。帶著攝影器具與個人家當，就來到馬爾堡。

我看著攝影集最後一頁的作者簡介，上面附上他的電子郵件信箱，我眞想寫封信給他，但是卻又猶豫了。有家有眷的老帥哥接到我這種粉絲的信，會不會啼笑皆非？

To write or not to write？午夜十二點將屆，嚐完手上這杯雲霧之灣，我就來寫封文情並茂的粉絲信吧！

# 托斯卡尼，不再遙不可及

←夢想不在他方，夢想起於心中。
別總是說，等到我怎樣怎樣，我就要完成什麼夢想，
而是現在就要開始追尋。

住在馬丁堡鎮上，每天下午出門散步，行經馬丁堡最負盛名的涸河酒莊，我總希望有機會見到首席釀酒師耐爾博士。我似乎忘了，這裡只是人口僅一千五百人的小鎮，大家互相熟悉，不像在台灣要約見人時，總要透過公關聯繫。寄宿家庭主人約翰一聽我的想法便說：「喔！我跟他一起上瑜伽課啊，我來跟他說說看。」

一通電話，這看似難上天的盼望，竟然實現了。

## 專注在我所做的酒上

見面的前晚，我輾轉難眠，空氣中飄浮著一股難以言喻的焦慮。當天，我前往涸河的葡萄園，走上耐爾位於二樓的辦公室，這是個可以遠眺二十公頃葡萄園的木造房屋，園內的房舍漆成墨綠色，在馬丁堡的房舍中格外醒目。

陽光從四面的窗灑進他端坐的辦公室，醒目的兩張大書桌上放滿書，一方角落裡架著高高的化學分析儀器，旁邊還有一支寫著Dry River的大酒瓶。

他微笑，放慢速度與我交談。言談中，眼前這個舉止優雅、談吐不俗的英俊紳士，又成爲年少時那個一心想在旱地上釀出好酒的年輕夢想家。

從愛上第一口白酒Riesling的牛津大學研究生開始，耐爾就夢想釀出好酒。直到在馬丁堡買下第一塊地，他就成爲一個執著於葡萄酒的狂熱分子。身爲有機化學家，他以研究精神自學種葡萄、釀酒，令人驚豔的是，涸河的酒早在十幾年前即得到以倫敦爲首的國際葡萄酒競賽的肯定，在國際品酒專家中掀起收藏風。涸河的酒非常難買到，買的到人總是要慶幸自己的好運。

耐爾認爲自己是個什麼樣的釀酒師？他的釀酒哲學是什麼？

他不假思索的握起雙手，放在雙眼前方，像是兩管望遠鏡，向我直視。「我所見的都專注在我所做的酒上（I have tunnel vision.）；因爲，生命不應該虛擲在釀造不好的酒上。」

他想要的境界是，即使是多年之後，人們從地窖拿下一瓶Dry River Wines，嚐一口，依然會說：「這眞是好酒！」

## 死前再喝一杯 Dry River，死而無憾

爲了釀好酒，他讓葡萄在橡木桶裡面等待，等到化學分析結果出來，確定酒的成分與各種數值都達到他設定的高標準，他才將酒推出市場。反觀多數酒商，在量產與獲利的壓力下，可能倉卒就把酒推出。

我問他，他眞的一點都不在乎市場嗎？他說，他曾經花了整整一年的時間等待，就爲了把某品種的酒釀到符合標準。儘管這段時間必須擔負比較大的財務壓力，但是他相信，「只要堅持，市場終究會證明我們是對的；市場會把我們應得的回饋給我們。」他說。

耐爾追求的並不是市場或收藏家給予的名聲，而是內在對自我的肯定，與其說是像科學家追求眞理般嚴酷，不如說是像藝術家不斷追求創作生涯的極致而奮戰不懈。

## 五秒鐘的決定

曾經發生的一個故事，讓他終於覺得不負所求。

幾年前，一位熱愛美酒的威靈頓牧師過世之前，一手拿著 Dry River 的酒，一手倚著病床說，死前能再喝一杯 Dry River，他死而無憾。他的遺囑是，過世之後能與 Dry

River一起長眠。

牧師說這段話之時，耐爾剛從馬丁堡趕到，目睹這一帶，既感慨又感動。

當他說著這故事，我也彷彿看到那個一寫起稿就忘我、執著、幾近完美主義的我，希望把感動我的事物，化成一頁頁感動讀者的文章。他創作的是佳釀，我寫作的是故事，這會不會是創作者的共同宿命？

我回神問他，既然牧師讓他覺得此生的夢想得以聊慰，到底發生了什麼事，讓他要在二〇〇三年時賣掉他一手創立的涸河酒莊，只維持專職的釀酒師身分？

他定定的望著我，嘆了一口氣說：「妳不會相信的，但是眞的就是在五秒鐘內發生的。」

他指著辦公室外，我方才沿階梯走上來，可以眺望整座葡萄園綠意的二樓陽台，「那一刻，我走到陽台，望著二十六年前我一手設立的葡萄園，我突然覺得，夠了，我再也做不下去了。（I can't go any longer.）」

在執著於釀出好酒的tunnel vision之下，他第一次領悟到，他已經從那個年輕的夢想家，轉變成一個完成使命的佳釀傳教士，而這個生命中不能承受之輕，他已經背負了二十六年，是早該放下來的時候了。

「我想著二十年來我對家人的忽略，於是我賣掉酒莊，帶老婆、女兒與兒子的女友一

起到托斯卡尼，完成我曾經對他們許下的承諾。」他說。

聽到「托斯卡尼」，我的眼淚流了下來，我想起年初過世、同是完美主義者、對我生命意義深重的繪畫老師也曾經對家人有著相同的承諾；不同的是，耐爾及時履行承諾，而繪畫老師卻來不及履行承諾，抱著遺憾離開人間。

天旋地轉，我的激動與感動隨著眼淚不斷流淌。

## 老師派來的癒療使者

一個來自北半球，因這個遺憾而出走的心靈，竟然在南半球遇見另一個不想有遺憾的人，撞擊出療癒的力量！

耐爾聽完繪畫老師的遺憾，以及我來到馬丁堡的起心動念，竟然也紅了眼眶，握著我的手，讓我從啜泣不已直到平靜下來。

哭泣中，才發現我們兩個人都有鼻子過敏的老毛病，而且都剛用完最後一張衛生紙，儘管如此，耐爾還是在辦公室內倉皇尋找，卻找不到任何一張用以拭淚。

後來，我在小腰包裡找到一張紙，抹淨了涕淚，奇蹟似的，我感到我倆周遭的空氣分子改變了，那是一種釋懷，一種滌淨，我們兩人似乎不再像是兩個陌生人，而是心靈互通的師生或老友。

我們從托斯卡尼聊到兩人最愛的藝術家，才發現我們對西班牙的藝術家與建築都有著強烈的偏好，釀酒，不過是藝術討論主題中的一個子題。

會不會，這一切都是宇宙造物主安排好的？或是繪畫老師冥冥之中牽著我的手，帶著我來到這裡認識耐爾？要我給自己一個不遺憾的人生？

「說不定你是我的老師派來的！」我開玩笑的對耐爾說。

他笑了笑說，或許唷。

## 夢想不在他方，夢想起於心中

他賣掉酒莊之後，列了一張清單，羅列過去曾對家人許下的承諾，以及一直以來想要做的事。這兩年下來，清單上的項目愈來愈少，他也愈來愈開心。

我問他，他帶家人到歐洲時，還去不去酒莊呢？

他竟然擺擺手說：「再也不去了！」

他說，他曾經爲了釀酒，而忽略追求一個平衡的人生，幸好，他及時醒悟。

而我，我曾那麼喜愛採訪、報導，在每一個報導的過程中用盡心力，何以我後來竟需逃離我的專業，透過旅行與長假來重新思索？到底，一個人對於熱愛的事物可以如何熱中，而不至於在工作與生活中失去平衡？

▲涸河酒莊的釀酒師耐爾，為我與他的相遇留下珍貴的紀念。前夜輾轉難眠的我一臉水腫，但見到偶像卻笑得心甘情願。

◀耐爾所釀出的Dry River曾獲得國際葡萄酒競賽的肯定。

那麼，對於追尋夢想，他現在的體會是什麼？

他問我懂不懂現象學？我說我在研究所時讀過。他點點頭後說：「夢想不在他方，夢想起於心中。（The dream is not out there, it starts from inside.）」

換個簡單的說法，應該就是：別總是說，等到我怎樣怎樣，我就要完成什麼夢想，而是現在就要開始追尋。

## 每一個今天，都是禮物

什麼是我想要的？一個不遺憾的人生？

如果我想要那樣的人生，怎麼還會坐在這裡呢？

「每一個今天，都是個禮物，而你，你是我此行最珍貴的禮物！」我感激的謝他，一起步下辦公室，來到午間的太陽下，爲他拍張照片。事後，我想找人爲我們合照，不料他的員工都散布在葡萄園不知名的角落，我苦惱的說，總不能我們兩人拿著相機自拍吧？

沒想到他眞的拿起相機，伸長了左臂，爲這一段奇遇留下珍貴的鏡頭，每拍一張照片，他都與我一起檢視。「這張妳失焦了，再一張吧？」他不厭其煩的試了十幾張，十足流露出完美性格。

他不會知道，這幾張照片，我一一保存著，放在我的電腦裡。

他是我生命長假中最有意義的紀念，紀念一段上天的安排、北半球人出走南半球的心靈療癒，以及，遺憾得以釋懷的心靈相遇，幫助我把握每個今天，時刻往夢想前進。

因爲，我的「托斯卡尼」，不再遙不可及。

# 魔戒導演也釀酒？

原本預計釀製一百噸的葡萄只剩下七十噸。
辛苦工作回到家之後，
他常問自己：「我到底在幹什麼啊？」

第一次在台灣見到坎柏（John Kemble），你會以爲他是電影「魔戒」導演彼得傑克森（Peter Jackson），只差沒穿上電影的宣傳T-shirt。

二〇〇四年十一月，台北101四樓舉辦葡萄酒展，我與好友Jaclyn第一次品嘗紐西蘭Kemblefield Estate酒莊的紅酒，只見長得像彼得傑克森的坎柏從攤位後面探出頭來，將紅酒斟入酒杯，讓我們細細品嘗。

「沒想到紐西蘭的葡萄酒這麼順口耶！」Jaclyn驚嘆之餘，開始與坎柏聊起來，「你長得好像彼得傑克森喔！」她說。

「很多人都這樣說。不過，我其實是從美國加州移民到紐西蘭釀酒，妳喝的可是我在紐西蘭霍克斯灣種的葡萄所釀的酒，有得到倫敦酒展金牌獎喔！」他笑開的臉，像極了耶誕老公公。

▲ 初遇Kemblefield Estate酒莊的釀酒師坎柏時，以為他是電影「魔戒」的導演呢！

◀ 坎柏所經營的Kemblefield EstaTe酒莊入口。

我很好奇，因爲這次酒展的參展酒莊，只有他是釀酒師兼經營者親自出馬，其餘都是經理。「我自己釀的酒，自己介紹比較有說服力吧。」他呵呵笑。

我問坎柏說，如果有機會去紐西蘭，可不可以去找他玩兒？怎知他邊遞名片給我邊笑說：「歡迎！有機會就來紐西蘭找我吧！」

我自己也沒料到，兩個多月後，我竟然來到紐西蘭的馬丁堡住下，我寫了一封電子郵件給他，說想見面聊聊他的故事，不到二十分鐘，他快速回信說：「我記得妳，歡迎妳來！」於是，我來到了「美國版彼得傑克森」位於霍克斯灣的 Kemblefield Estate 酒莊，廣大無邊的河邊地，葡萄樹階梯般地往山坡上爬，葡萄園佔地一百四十五公頃，將近三十個足球場大。

時隔三個月，竟然眞的再度相見了。

酒莊正中心有一座兩層樓的羅馬式建築，是品酒與會議中心。坐在建築前方，我們眺望著滿山谷的葡萄園美景，胖胖的坎柏說起他的移民釀酒故事。

## 在牧場上設酒莊

美國加州大學戴維斯分校畢業的坎柏，原本爲了要接掌父親的建築公司而就讀機械系。然而，其實坎柏讀中學時就喜歡葡萄酒了，「葡萄酒不同品種有不同的味道，我就

是很受吸引。」他說。

命運之神降臨。一九七六年，坎柏父親的建築公司因故停業，他才警醒，自己其實對機械一點興趣都沒有。他想起自己的葡萄酒興趣，於是決然地轉唸種植科學（Plant Science Degree），課餘時，也開始到加州一家Ravenswood Winery酒莊打工，一做就是十五年。

累積了十五年經驗的他，渴望不再爲人作嫁，他一直想擁有自己的酒莊、釀自己的酒，但是在加州買到葡萄園的機會是少之又少。於是，他開始把觸角伸向國外。

命運之神再度來敲門。一九九二年，他讀到一位博士的研究報告，知道紐西蘭適合釀葡萄酒，於是，他隻身來到紐西蘭，兩個星期之內探訪南島馬爾堡與北島的霍克斯灣，最後他看上霍克斯灣一塊河邊的牧場土地，回美國之後，他雀躍地將結果告訴另一位專精財務的夥伴菲爾德（Karr Field）。於是，一九九二年五月，他們買下了這塊一百四十五公頃的地，將兩人的姓結合，爲酒莊命名，從此，這位美國移民的酒莊，就名爲：Kemblefield。

好不容易設立酒莊，不料，一九九二年底到一九九三年初，霍克斯灣天氣異常濕冷，導致葡萄歉收，原本預計釀製一百噸（tons）的葡萄只剩下七十噸。辛苦工作回到家之後，他常問自己：「我到底在幹什麼啊？」

經過幾年辛苦工作，穩定地利，直到一九九六年，他自有的土地種出來的葡萄才終於有了第一次好收成。而一九九七年，他釀的Chardonnay獲得紐西蘭國內的Air New Zealand金獎，令他相當高興。

坎柏說，設立酒莊後，儘管辛苦多年，他仍念茲在茲要將他最愛的葡萄品種Zinfandel從加州引進紐西蘭，一方面爲自己的事業樹立獨特性，也讓紐西蘭的葡萄酒品種更多元。

然而，命運似乎喜歡跟他開玩笑。

一九九四年，Zinfandel葡萄，終於獲准進口紐西蘭，他種了五公頃Zinfandel，經過多年努力，眼看著二〇〇〇年就要收成。不料，當年又發生嚴重的霜害，於是，第一批Zinfandel的收成延宕到二〇〇二年。

否極泰來的是，他釀的第一批Zinfandel奪得International Wine Challenge 2004的金獎，而多年來生產的葡萄酒在美國、英國、德國、加拿大市場反應極佳，還順利進軍台灣市場。

**創業尚未成功，減肥仍須努力！**

坎柏說，投資設立酒莊至今，他還沒有損益平衡，但是他還是很開心能擁有自己的

酒莊、釀自己的酒。尤其是現在能帶著令他自豪的頂級 Zinfandel，隻身到世界各國酒展，介紹給全球消費者，他已心滿意足。

胖胖的坎柏看起來樂觀，其實，他不只經歷過創業的坎坷，連移民的過程都辛苦不已。

一開始，紐西蘭移民官員退回坎柏的移民申請，因爲他太胖，恐怕有健康之虞，移民官員建議他先減肥，再重新申請移民。不得已，坎柏只好拚命減肥，幾個月後，終於如願過關。有趣的是，體重因素使得坎柏多次進出醫院，沒想到卻在醫院裡認識了俏護士，最後成了坎柏太太。現在，這段故事早已經是紐西蘭葡萄酒界人士津津樂道的插曲。

坎柏欠身說，兩個小時之後，他必須趕到機場，因爲明天晚上在倫敦有一場酒展。

看著眼前的坎柏，儘管不像彼得傑克森那般大塊頭，我猜，經過這些時日，他恐怕也已經復胖了吧？希望馬不停蹄的參展能讓他降一點體重，維持健康，畢竟創業仍未成功，而且還有很多消費者期盼喝到他的 Zinfandel 呢！

## 幸福人生的夢想計畫

←你有兩條路：一是專心賺大錢，賺了錢再想夢想；
一是完全不管能不能賺錢，只做真正有興趣的事，
而且要嘗試各種方法來達成你的興趣。

或許「計畫總是趕不上變化」，所以我向來認爲生涯規劃是天方夜譚，多年的新聞採訪工作中，從未出現一個案例說服我。直到那個星期二，我與馬丁堡Nga Waka Vinyard的CEO兼首席釀酒師羅傑長聊，才明白，眞有人的幸福人生是一步一步按照計畫走出來的。

約定時間前一個小時，羅傑打電話來。

「Goya嗎？今天早上我要看小孩，我們不約在酒莊了，改約我家，好嗎？」

我欣然同意，好奇著羅傑的工作與生活。在台灣，有多少中小企業經營者能在上班時間帶小孩？或是願意在家陪小孩？

我按地址找到羅傑家，房舍大門沒關，我往裡面大喊：「哈囉？有人在家嗎？我是Goya！」三秒鐘後，娃娃臉，理著平頭，身高超過一八〇公分的羅傑出現在門口，雖然

四十五歲，卻看似個年輕的大孩子。

三面牆都有落地窗，陽光恣意照亮室內，也照得羅傑與七歲的大兒子亨利神采奕奕。羅傑在廚房幫我沖紅茶，正在吃早餐的亨利微笑地向我打了招呼。客廳有一面牆擺滿書籍，我面窗坐下，角落堆放著散亂的童書與玩具，窗外是比房子佔地大五倍的翠綠草地，堆著好幾球稻草卷，還有一方游泳池。

沒有傭人、水晶燈或昂貴建材，居家的生活樣貌忠實呈現，未經刻意修飾，不需要特別收納。

我們坐在沙發上，一邊喝茶，一邊聊著。不一會兒，羅傑的小女兒從樓上下來，向睡眼惺忪的她，爬到沙發上來親羅傑，並禮貌地向我問好。「要不要在沙發上再睡一下？」羅傑問她。她點了點頭，蜷曲在一旁的沙發上聽我們說話。

從一九七九年，馬丁堡的第一座商業酒莊濶河酒莊設立開始，馬丁堡葡萄酒產業不過二十六年，卻已經贏得國際酒評與英美重要市場肯定。

羅傑不是產業的先行者，他的酒莊不是最大，產量也不是最多，然而他在一九九二年設立酒莊，隔年釀出第一瓶白酒 Sauviginon Blanc 卻一舉獲得金牌獎，不僅如此，一九九五年，當其他先行者還無法損益平衡時，他的酒莊卻開始獲利。此後產量與市場穩健擴張，產品還銷售到英國、美國、澳洲、北歐與日本，不讓馬丁堡的產業先行者獨佔

鰲頭。

為什麼他能成功？

## 從酒侍做起的首席釀酒師

「我真的很有福氣，一方面家庭背景讓我很懂酒，父母支持；還有，一開始的周詳計畫（well-planned），這是一個 realistic dream。」他說。

不熱愛酒、不懂得品味葡萄酒，或生活中沒有葡萄酒的人，很難釀出頂級葡萄酒，羅傑的幸運就在於此。

儘管早在十九世紀上半葉，英格蘭移民就在北島種葡萄、釀葡萄酒，然而，真正懂得品味葡萄酒的僅限於少數上流社會家庭與菁英分子；在大多數紐西蘭人的生活文化裡，啤酒卻扮演最重要的角色。

羅傑的父親是紐西蘭外交官，出生在舊金山的羅傑從小就隨父親遷移任所而遷徙，至少住過五個國家。中學時，羅傑沒有隨父母親派駐法國，而是留在紐西蘭求學，然而，他總是趁學校放假時到法國，隨父母親穿梭在法國酒莊，學會品味葡萄酒。

青少年時期的獨特經歷，不僅涵養了羅傑的葡萄酒知識、鑑賞經驗、品味與能力，也埋下他對葡萄酒產業的嚮往。

Nga Waka vinyard的▶首席釀酒師羅傑說：「追尋你的夢想！讓夢想變得實際、可行！」

羅傑在紐西蘭南島名校奧塔哥大學主修歷史，畢業後受訓兩年，卻覺得沒興趣當老師，竟然回到首都威靈頓擔任五星級大飯店的酒侍（wine waiter）。這樣的抉擇，如果發生在過往價值觀單一的台灣，恐怕外交官父親會氣得切斷父子關係。

羅傑很喜歡那段當酒侍的日子，他說，那眞是工作與興趣相融合的時光。幾年後，他轉行到跨國企業當主管，仍活躍於品酒社團，假日也常到霍克斯灣品酒，樂此不疲。

## 威靈頓的後花園

一九八五年，機會來敲門了。

「馬丁堡的土壤與氣候幾乎等於法國的勃艮第。」一批科學家研究馬丁堡的土壤與氣候後斷言。當時羅傑在威靈頓工作，開車一小時即可達人稱「威靈頓後花園」的馬丁堡。

當時才二十五歲的他，心中浮現自釀好酒的夢想。

「我眞的想開創種葡萄、釀酒的事業嗎？」羅傑不希望自己只是個好高騖遠的幻想者，他希望自己能實際擘劃、執行。

一開始，他爲了確認自己的興趣，於是邊工作邊讀函授課程，了解釀酒、葡萄酒相關知識。確認之後，他對父母親說：「我希望我的創業計畫能結合你們的資金與退休計

畫。」幸運的是，羅傑得到了父母的支持。

接著，他開始尋找適合種植葡萄的土地，經過一年評估，他買下馬丁堡沿河一塊十公頃（一公頃＝一萬平方公尺）的旱地。當時，每公頃地價是五千元紐幣（約合台幣十一萬五千元），現在，沿河的土壤地每公頃至少要二十萬紐幣（約台幣四百六十萬）。「買地是正確時機做的正確決定，因爲，後來土地價格飆漲，產業後進者必須花更多錢買地。」羅傑指出，這也是他在投資十年後就能獲利的主因。

買了地，羅傑還缺乏技術與經驗，「我是個市場後進者，我不能慢慢從錯誤中學習，我必須快一點累積經營的技術與經驗。」精明的他將土地租給其他酒莊耕種，一面收取租金，一面培養地利，一舉兩得。自己則是飛往澳洲攻讀 Roseworthy College 的學士後葡萄酒種植與釀造學位，「只憑熱誠與興趣種葡萄的時代已經過去了，現在，從事這個行業非得要靠文憑與經驗才行！」他當時對父母親說。畢業後三年半，他在澳洲、法國幾個葡萄酒莊工作，累積經驗。

## 賣出第一瓶酒

一九九二年，馬丁堡的葡萄酒產業蓬勃發展。馬丁堡葡萄酒在國際與國內市場的知名度與需求量不斷增加；投資者也相繼進軍馬丁堡的土地與葡萄酒產業。

羅傑經過四年半的取經與洗禮，終於學成歸來，收回土地，建立自己的葡萄酒莊Nga Waka。此時，他擁有技術、經驗、早期低價購置的土地、品質良好的葡萄收成與自有的酒莊，只待釀出好酒，迎向市場需求。

一九九三年，羅傑釀造出第一瓶白酒Sauvignon Blanc，就贏得金牌獎，這是他自家品牌異軍突起的策略，因爲，馬丁堡聞名的是紅酒，但是，卻也能釀出這麼好的白酒，令人眼睛一亮。

「我們眞的很幸運，時機對我們很有利。」羅傑掐指一算說，一九九二年，紐西蘭約有一百家酒莊，二〇〇五年卻成長到四百二十七家，現在的酒莊要出頭確實比較難。

我問羅傑，創業以來最大的喜悅是什麼？

他想了想，答案並不是得獎，而是：「賣出第一瓶酒！」

「妳知道嗎？歷經八年的計畫，眞的有人走進來，喝了我的酒說：我喜歡這酒。然後付了錢，把酒帶走。啊！那眞是很令我興奮！」回想當時，羅傑嘴笑開，久久闔不上。

「還有，第一次把酒寄到日本，感覺好像是把重要的東西傳遞到外面的世界！」他繼續掛著笑容回憶。

「還有，第一次賺錢（profitable）！因爲，從第一年買地就不斷在投資，當一九九五年第一次賺錢了，那種感覺是：你知道，這眞的做得到！（You know you can work！）」

## 最大的挑戰是繼承

我在沙發上感染著他記憶裡湧泉而出的喜悅。歷經十多年，羅傑不只憑著家產，還憑著專注執行，苦學與機緣，終於證明自己的能力。這種成就感與喜悅，不就是人們渴望得到的嗎？

「妳要去跟羅傑聊啊？我們真的好崇拜他，他好Smart，永遠知道事情的輕重緩急，我們大家都應該跟他學習！」我想起昨晚與鎮上的建築包商布魯斯聊天時，他滿是對羅傑的讚嘆。

成就像月亮，人們容易看見耀眼的月之亮面，卻見不到月之暗面。

不少產業先進者回憶創業初期，都曾有過數年輾轉難眠的日子，擔心資金有如投入錢坑，一去不返。

羅傑算一算，從一九八六打拚到二〇〇二年，歷經十六年方覺穩定（comfortable position）。不過，想起二〇〇三年，他還是希望「歹年冬」不要再來。

二〇〇三年夏天天氣不佳，葡萄收成晚，品質不穩定，「一整年都在做苦工，很難睡好覺。」禍不單行的是，「那一年我把酒寄給一個經銷商，貨款卻收不到，雖然有保險，但還是很生氣，覺得我到底在幹嘛啊！（What the hell I'm doing！）」他說。

我問他，未來最大的挑戰是什麼？他說是天氣、國際行銷，一會兒，他才轉頭看著一旁的女兒，嚴肅地說：「最大的挑戰是繼承：我會老，我不可能一直經營下去。」

「熱愛酒是經營酒莊的先決條件，」他解釋，「我與父母親都熱愛酒，才能以家族基礎經營這個酒莊，但是，我們並不確定小孩將來是否也想走這一條路。」語畢，他像是突然想起今天看顧小孩的責任，抬頭向二樓大喊：「亨利，你在樓上還好嗎？」

繼承牽涉著羅傑一雙兒女的志向，然而，尋找人生的方向，卻是最難的。

## 夢想人人都有，卻不是人人成功

放眼台灣或紐西蘭年輕人，對人生與志趣茫然的人們大有人在，而我，不也就是在人生路上迷航了，才藉由到紐西蘭來尋找自己的嗎？

「萬一有一天，亨利也二十五歲了，像你當年一樣向父母親尋求支持，你會給他什麼樣的建議？」我問他。

「首先，你必須知道你到底對什麼有興趣？」羅傑一針見血地說。「然後，你有兩條路：一是專心賺大錢，賺了錢再想夢想；一是完全不管能不能賺錢，只做眞正有興趣的事，而且要嘗試各種方法來達成你的興趣。」

他提醒，如果選擇了第二條路，就必須思考，「如果後來不可行，你能接受的最糟

狀況是什麼？」「追尋你的夢想！讓夢想變得實際、可行；如果最後證明不可行，你應該還是要很開心。」

他的話，直接打進我的內心，忽然間，我對自己與周遭朋友的處境清楚了！

原來，許多人決心賺大錢，卻埋怨自己無法同時實現夢想。而也有許多人似乎走向夢想之路，卻不時擔心不能賺到更多錢？也沒有嘗試更多不同的方式來達成夢想。

而羅傑選定了第二條路，要歷經數十年，用盡最大的能力來將計畫付諸實現。而今，四十六歲的他能安恬地隨意決定在家帶小孩，迎接太太回家喝杯早茶。

「幸福成功的人生可能規劃嗎？人生可能依循一個二十年的夢想計畫前進嗎？」

夢想人人都有，卻不是人人能成功。

擁有夢想固然可貴，逐夢踏實卻更珍貴。

羅傑的奮鬥故事讓我羞愧地發現，「計畫總是趕不上變化」是追尋夢想的常態，而非放棄夢想的藉口。有夢想的人更應該思索自己的接受底限，放手一搏，而非動輒怪罪，隨波逐流，或爲每一個當下的挫折而起伏不已。

只有缺乏計畫力與執行力的幻想家，才會認爲前人的成功經驗是天方夜譚。你說是不是？

# 葡萄園教我的第三堂課

## 挑戰——什麼樣的義無反顧

←我需要一個治療的儀式，

告別那段過往的情傷，

只要過的了這一關，

我將能重拾對愛情的信心……

眼前一片黑，

疾風在雙耳旁砰砰鼓動，

承載著加速的重力，

我從四十七公尺高處往神秘莫測的澄綠河水躍下。

撐持著我的正是一股義無反顧的動力：

勇敢做自己！

# 曬到頭昏的垃圾之歌

←馬丁堡的烈日是培養優質葡萄的絕佳條件，
只是，同一個烈日，怎麼會卻曬得我翻垃圾桶？

沒有人喜歡垃圾，如果沒有必要，人們通常不會在垃圾箱裡找東西，除非不小心丟了什麼，或是窮得靠垃圾維生。

兩個星期以前，我在一家咖啡店用餐，目睹一個蓬頭亂髮的中年男子在花園裡翻垃圾，能吃的就吃了，不能吃的就丟在花園草地上，我咋舌不已，旁人卻說，這男子現在的樣貌已經好多了，因爲前一陣子開始領政府救濟金，所以他現在至少穿得比較乾淨，行經他身邊時不會聞到臭味。看著他一邊翻一邊吃，我還是拚命提醒自己：「待會兒千萬不要在圖書館的草地上曬太陽，免得坐到香蕉皮。」

話說回來，我不靠垃圾維生，也很少在垃圾桶撿東西；倒垃圾時，我總是停止呼吸，好似在游泳池裡練習閉氣，一旦將垃圾逐出家門，我就覺得空氣清新、如釋重負。

不過，今天，我卻突然對垃圾發生了興趣。

## 從垃圾了解人類生活史

早上，我與 Nga Waka Vinyard 的酒莊老闆羅傑聊天，得到啓發、鼓舞與滿足，踏上單車離開時，來到大門前，忽然瞥見地上整個紙箱的空酒瓶。

我才想起，星期三是馬丁堡收垃圾的日子。中午之前，家家戶戶把過去一星期的垃圾裝袋放在大門口，可回收的瓶罐則是裝箱放在一旁。

我盯著紙箱，想起羅傑侃侃而談的品酒經驗，以及他釀好酒的大志。「一個得獎釀酒師兼酒莊老闆，到底都喝什麼酒？」我的好奇心油然而生，雙腳還踩在單車踏板上，頭上頂著快被大太陽燒焦的問號。

「可是，這樣不太好吧？翻人家的垃圾？」我自問。我往返家的方向騎了十公尺，終於抵不過好奇心，停下車來，欲走回紙箱前。不料，赫然看見羅傑夫婦房舍的落地窗後，這對夫婦模糊的身影。

「糟了，給他們看見就丟臉了！」我胡亂地向他們揮揮手，依稀看到他們揮手回應。我跳上單車，不住的安慰自己，至少自己並未眞在光天化日下翻垃圾。

不料，回程路上，我的好奇心像滾雪球一樣愈滾愈大。

每經過一個住家大門口，我就仔細伸長脖子瞧人家紙箱裡的瓶罐。

「這家喝進口啤酒。」「這家喝好酒，會不會也是釀酒師？」「這家的可樂罐與牛奶罐偏多，應該養了不少青少年與小孩。」「這家專門喝澳洲進口的超便宜葡萄酒，應該不是品酒族。」我一一評論分析了一番。

我想起多年以前，讀研究所學習研究方法課時，授課教授曾以《垃圾之歌》一書作爲指定教材，「從垃圾裡，可以了解人類的生活史……」我想起老師說這句話時，嚴肅中帶著微笑的招牌表情。「誰說學生畢業了就把書本都還給老師？」我心裡得意不已。

## 專翻垃圾的亞洲女子？

今年的紐西蘭夏天，有著令人發昏的氣溫，連氣象局都報導天候異常。

我雖然回家沖了涼，卻發現那個關於「羅傑家到底喝什麼葡萄酒？」的大問號，依舊昏昏然佔據腦海，揮之不去。我想，既然垃圾車還沒來，我何不再到羅傑家看看？不料，才走到大門口，就看見垃圾車停在兩、三百公尺外的房舍門。

「難道眞要等到下星期三才能知道釀酒師喝什麼酒嗎？」我喪氣極了。

我跑到鄰居家大門口，聽說主人也曾經是釀酒師，「我就退而求其次好了，看看他們喝什麼酒？」我四下張望，沒人！我開始翻看紙箱。

有毫無標籤的老酒瓶，也許是自釀的酒，也有霍克斯灣一家知名酒莊的得獎酒，還有馬丁堡大酒莊 Palliser Estate 的白酒，眼看著垃圾車從幾百公尺外緩慢移動，我迅速起身，準備打道回府。

冷不防，對街的防風林下，傳來一個老先生的聲音：「嗨！妳好嗎？」

我嚇了一跳，赫見一名穿著花花綠綠格子上衣的老先生，拿著一個圓鍬，正在人行道旁的防風林邊做園藝。

「嗨，我很好，天氣眞熱啊！」我一邊說一邊冒汗，頂著烈日拚命擠出笑容。他該不會以爲我是個專門翻垃圾的亞洲女子吧？我的腳步愈來愈快，轉眼間閃進寄宿家庭種植的葡萄園。

「我是怎麼了，怎麼會大老遠跑來紐西蘭翻垃圾？」我蹲在葡萄園旁的杏桃樹下喘氣不休。

葡萄園裡，烈日照耀著張牙舞爪的葡萄藤，一串串葡萄安靜地躲在葉子後面的陰涼處。這種異常的熱天氣，連葡萄都要閃到樹蔭下遮蔽大太陽了，而我在烈日下東奔西跑，怎麼能不曬昏頭？

走進屋內，喝了杯冷開水，理性與常識才漸漸恢復，我不禁懊惱起來：「我怎麼沒想到打個電話問羅傑，上個星期他喝了什麼酒？」

## 什麼樣的義無反顧

眼前一片黑，疾風在雙耳旁砰砰鼓動，
承載著加速的重力，我從四十七公尺高處，
往神祕莫測的澄綠河水躍下。

什麼樣的義無反顧，讓一個人決心從十八層樓的高處縱身一躍？

緊閉雙眼，我潛入空氣中，眼前一片黑，疾風在雙耳旁砰砰鼓動，承載著加速的重力，我往四十七公尺之下的澄綠河水墜落。

高速的黑暗是令人恐懼的未知：毛毛蟲鑽進嘴巴而嚎啕大哭的小時候、父母親的笑容、捧著新聞獎座的喜悅、姐姐移民時的涕淚、職場主管的耳提面命、過往戀人的微笑與決絕、已逝恩師的安詳眼神，一一在我眼前現形。

我驚恐自問：何時才能停止？

### 自殺者的相同渴求？

未知與不穩定啃蝕我的意志力，此際，我衷心渴望一方安穩的棲息地，著陸也好，

棲身河床也罷，只求終結這充盈全身的恐懼與不安。

「想要一了百了的跳樓自殺者，是否也有著同樣的渴求？」疑問在腦海間一閃即逝。

雙手輕觸水面，這是貫流北島的懷卡托河水嗎？盡頭到了嗎？

不及0.1秒鐘，巨大的拉力透過緊束我雙腳的繩索，我的身體再度被彈拋向空中，胃肌再度一緊。

恐懼再度襲來，我喃喃唸著《南無妙法蓮華經》，不敢睜開雙眼。

疾風如鼓聲續響，腹部一陣涼意，衣服懸垂擠貼到胸前，再一次，身體再度下墜，我逼迫自己睜開眼睛，直視眼前的暈眩。

當雙手迫近水面，幽谷與澄綠的河水瞬間清晰，不料，身體瞬即再彈向空中，視線又瞬間模糊，清晰，模糊，清晰，模糊，清晰，模糊。

忽然，「請抓住木棍，我們會把妳接下來。」溫柔的女聲從河中的黃色小艇傳來，當身體彈跳的力道趨緩，我不再暈眩，認清木棍的方位，雙手往下伸去。她伸出雖不大卻強有力的雙手，將倒吊的我自高空中接住。

握著她的手，我的身體置入小艇，坐下來，我望著她，重生的喜悅湧流全身。

「謝謝妳，我可以知道妳的名字嗎？」我感激地朝她問。「我是莎拉，妳跳得非常好（well done）！」她說。

小艇滑向岸邊，我上了岸，小腿不住顫抖，我的腦海卻一片空白。從高空躍下之後一分鐘的記憶，像是被鎖進黑盒子，難以回溯。

沿著階梯往上，我來到方才高空彈跳的平台。同行的朋友一見到我，都稱讚我是個 tough girl。

「別人跳都會尖叫，妳怎麼沒有尖叫啊？」另一位朋友則開玩笑地問。

「喔，因爲我的嘴巴忙著唸佛經啊！」我回答。

高空彈跳辦公室前的螢幕，一群遊客正圍觀方才由辦公室錄下來的影片。只見我對著攝影機勉力微笑打招呼，將合十的雙手舉向頭頂，一，二，三，跳！沒有任何外力推擠，只見一個人形的箭號自然潛入高空，隨即躍下。

「那是我耶！」

「什麼樣的義無反顧，讓我決心從十八層樓高的高處縱身一躍？」跳完高空彈跳的我，依舊不敢置信。

「妳眞勇敢！了不起！」圍觀的遊客對我豎起大拇指，因爲，當天除了我之外，沒有任何女生嘗試高空彈跳。

骨子裡的我本是天眞、勇敢的，但是，我卻也總是爲了他人的感受而壓抑自我意志。

「妳爲什麼要去跳呢?那很危險，萬一妳死了，我怎麼辦?」

多年前，我第一次接近高空彈跳台，人們奮不顧身縱身一躍的景象深深吸引我，我也好想體驗那種滋味，然而，當時論及婚嫁的男友卻無法諒解。什麼是愛?那時的我以爲，愛就是盡量順服著對方的意志，於是我放棄縱身一躍的念頭，卻道出我想要嘗試的動機：「現在的我，工作、感情都很順利，幸福的我，萬一因此發生意外而死去，我也了無遺憾!」

我不確定我做錯了什麼，很確定的是，我們兩人大吵一架，兩個月後，他離棄了我們曾有的盟約，奔向另一段愛情。而我們曾經共同織就的美好人生藍圖，竟成夢幻泡影。從此，我不再相信愛情與盟約。

「時間會治療一切。」人們是這樣說的，對我而言卻沒有。

多年後的今天，我與一群朋友來到陶波湖附近的懷卡托河岸，望見四十七公尺高的高空彈跳平台，方驚覺過往的傷痕依然深入內在肌理。

## 一個治療的儀式

我知道，我需要一個治療的儀式，告別那段過往的情傷，只要我過得了這一關，我將能重拾對愛情的信心。

「請你們停車等我一下好嗎？我想要跳高空彈跳！」坐在車上的我，盯著擋風玻璃，說出我自己都很難相信的字句。

「妳說什麼？妳確定要跳嗎？」同行的朋友再三確認，卻隨即給我最大的鼓勵與支持，沒有任何勸阻。

來到高空彈跳辦公室，我迅速填完表格。「確定要跳嗎？臨時反悔是不退費的喔！」在繳交九十九元紐幣（約新台幣二千三百元）的費用之前，服務小姐喬安娜眨著眼睛，再度提醒我。

經她提醒，我突然有點兒擔心，轉身來到彈跳平台旁的欄杆，向下望，懷卡托河水緩緩地流向山谷，青綠與靛藍的色澤裡，是深深吸引我的神祕未知。

「如果我不跳，會不會後悔？」我自問。答案是肯定的。

「妳確定了嗎？」喬安娜一邊結帳一邊問我。她幫我秤了體重，數字寫在我的左手心。我笑著綁了個帥氣的馬尾，像個英勇的戰士，準備迎接一場只有自己能打的戰役。

踏上突出懸崖的高空彈跳平台，工作人員蹲下身，用繩索緊縛我的雙腳，告誡我：「雙腳站在平台邊緣，一半在平台上，一半在空中，我數到三，妳就跳！」

不知怎的，我的眼眶濕了，對他衝口而出：「我想記得你的名字，我覺得這可能是我這輩子第一次、也是最後一次跳！」

「我叫艾倫。」娃娃臉的艾倫微笑回答。

## 四十七公尺下的未知

一切就緒。雙腳緊縛的我，以小碎步移動到平台邊緣，此時，艾倫要我偏頭向平台右前方的攝影機打招呼。我勉力的向攝影機笑了一下，嘴裡不自覺地喃喃唱唸起佛經。要上場了。

低下頭，是緊束我雙腳的粗纜；往下望，四十七公尺之下是澄綠的懷卡托河水，往前看，四周是蔥鬱美好的幽谷，我該跳了，冷不防，恐懼的電流忽然閃遍我全身，我不敢跳！但是，我怎麼能動搖！

於是我轉頭問艾倫：「你可以推我嗎？我害怕！」

「如果妳要的話，我可以幫妳一點點。挺直背部，我數完一，二，三，妳就跳，好嗎？」艾倫說。

「閉上眼睛，就當作一切都沒發生！」我命令自己，伸直的雙手舉向頭頂，合十，做了個最虔誠的祈念。

一，二，三，跳！

眼前一片黑，疾風在雙耳旁砰砰鼓動，承載著加速的重力，我從四十七公尺高處往

神祕莫測的澄綠河水躍下。

撐持著我的正是一股義無反顧的動力：勇敢做自己！

緊閉雙眼，承載著加速的重力，我往四十七公尺之下的澄綠河水墜落。

# 歡欣雀躍的葡萄賊

←葡萄賊成為他們最大的精神壓力，
只要一不小心，
釀酒的夢想、整年的投資與辛苦就要泡湯。

「才幾天不見，你們是舉家搬來這兒啊？」窗外的鳥兒大鳴大放，惹得我好奇起來，拉開落地窗，對著露台上的陌生鳥兒講話。

去年十二月初我入住馬丁堡的寄宿家庭，庭院裡的鳥兒只會在清晨婉轉地唱唱歌，但是，一月下旬的現在，牠們不僅成天大鳴大放、在葡萄樹叢裡低空飛行，而且，數量也比兩個月前多，好像整個家族都遷移來了。今天早上甚至有一隻鳥飛進起居室的木椅下，任我怎麼哄，牠都不願意飛出去，反而還在地毯上踱來踱去。

這個現象不只發生在寄宿家庭裡。

前幾天我在威靈頓的朋友家住了三天再回到馬丁堡，竟發現不論清晨、下午或夜晚，只覺得滿鎮充斥著鳥叫聲。鳥兒自在地停駐地面上，甚至與行人搶著過馬路。

「這是怎麼一回事？」我對這些鳥兒的行徑，疑惑不已。

窗外有人大聲說話，我拉開落地窗，葡萄叢裡，戴著農夫帽、身穿工作服，滿臉皺紋的一對男女正在對話，一見我出現，便親切地打招呼。原來，Benfield & Delamare 酒莊的經營者兼釀酒師比爾正在跟雇員說話。

「最近的鳥叫聲好像特別頻繁喔？」我問。

「當葡萄愈來愈成熟，鳥兒會愈來愈多；所以，我們只好拿槍趕鳥，」比爾繼續說，「葡萄一長出來，鳥就來吃，真的氣死人了。」

每年三月，秋天到臨，馬丁堡的葡萄園裡，串串葡萄結實纍纍，正待收成（vintage）。然而，二月時，趕著覓食的鳥兒，早就歡欣鼓舞、成群結隊地飛來馬丁堡，伺機啄食釀酒師與葡萄園工作者一整年的血汗成果。一月時，早來的鳥兒等葡萄吃，不少鳥兒已經來到鎮上伺機而動。

## 把槍上膛，準備趕鳥

在馬丁堡的葡萄酒產業工作的人，說起鳥兒的危害，可是恨得牙癢癢。初期，馬丁堡的葡萄園農夫用盡各種方法對抗這些「葡萄賊」。剛開始噴灑藥品，卻擔心導致葡萄味道苦澀，於是另尋他法，比如施放氣球、老鷹形狀的風箏、對空鳴槍、在葡萄叢上覆蓋細網，甚至組成巡邏隊日夜在葡萄園逡巡。

在葡萄叢上覆蓋細網，防止偷吃果實的葡萄賊。

葡萄賊成爲他們最大的精神壓力，只要一不小心，釀酒的夢想、整年的投資與辛苦就要泡湯。多年前，一群黑眼怪鳥突然飛來，在數分鐘之內把好幾個馬丁堡的葡萄園吃得一點也不剩，業主損失慘重。

鳥兒造成人們龐大的精神壓力，只有眼見最後一串葡萄被摘下來準備釀酒時，才能放鬆。「該進園子裡了，話不能講太久，不然葡萄被吃光了都不知道。」比爾揮揮手說。

走回住處的庭院，我抬頭望向高高的櫻桃樹上，棲息著好幾組「人馬」。在產櫻桃的季節裡，我只能望櫻桃樹興嘆，因爲，花園裡的櫻桃才成熟，來不及摘下來，就被鳥兒們吃光了，怪不得牠們每天都歡欣雀躍，躲在樹上，迎接秋天的來臨。

剎那間，一隻老鷹飛過櫻桃樹，露台上的鳥兒眨眼間不見蹤跡。

大自然的食物鏈眞是奇妙。

我騎車到鎭上，注意到不少葡萄園懸掛著顏色不一的警示招牌：「警告，此季節，本園實施以槍嚇鳥措施，請勿任意進入。」我想起上回拜訪在霍克斯灣的葡萄園工作的朋友珍妮，她說，她們雇用了一位神槍手，成天在葡萄園對空打鳥，儘管工資所費不貲，但是效果非凡。

我猜，接下來的一、兩個月，馬丁堡不僅將湧進一群等著品嘗新酒的遊客，也會引

來一群賞鳥者，帶著望遠鏡，欣賞大自然不變的美妙定律。

而身爲好奇寶寶的我，爲了避免成爲社會新聞頭條，可能要克制一點，不能再一時興起，拿起相機就鑽進葡萄叢裡拍照了。

## 酒莊慶典，醺醉起舞

←妳不要看大家現在道貌岸然，
待會兒幾杯葡萄酒喝下肚，
馬上就原形畢露了！

每年，馬丁堡會有兩場大型的酒莊慶祝活動，一場是每年十一月，由全鎮酒莊傾囊而出、合辦的 Toast of Martinborough。另一場則是每年一月，由馬丁堡規模屬一屬二的 Te Kairanga Wines 酒莊自行舉辦的 TK Day。兩場酒莊都是以酒會友，讓人們一整天在音樂聲中高歌熱舞，體會微醺之美。

「如果你錯過了 Toast of Martinborough，那麼你絕不能錯過 TK Day！」這是 TK Day 傳單上的文案。幾星期前，我一聽說有 TK Day 的活動，就飛車前來酒莊預購票券，後來還充當快遞，爲遠道而來的朋友珍妮、作家安佐代買票。

### 佳釀下肚，原形畢露

我躍躍欲試，很想知道酒莊的搖滾音樂季，跟台灣有什麼樣的不同。

星期天早上十點鐘，我拿著TK Day的票券，走入Te Kairangar Wines酒莊。穿過葡萄園，只見一張張白色大棚帳下，衣冠楚楚的男女安靜地坐著品酒，交頭接耳，輕聲細語。

我與安佐、珍妮在舞台正前方階梯坐下，安佐微笑對我說：「妳不要看大家現在道貌岸然，待會兒幾杯葡萄酒喝下肚，馬上就原形畢露了！」

我很好奇，紐西蘭人喝起酒來的「原形」會是什麼樣？

舞台由貨櫃車改裝，兩個比貨櫃車還高的喇叭立在舞台兩端，五個搖滾樂手終於開場唱歌，每次唱完，草地上的人們就給予輕聲鼓掌。安佐離席，另一個朋友羅傑補位上來跟我聊天，他帶了一瓶白酒Sauvignon Blanc，搖了搖瓶子，問我要不要來半杯？我欣然接受。右邊，安佐回來了，原來他方才是去買白酒Riesling，我一看到Riesling，實在是心花怒放，因爲Riesling口感甜甜的，正是我的最愛！

收音機剛發明時需要暖機，露天音樂會裡，面對著不是太知名的搖滾樂團，也需要一段長時間暖場。只見舞池裡出現一對男女相擁慢舞，女生長得很像「慾望城市」裡的女主角凱莉，男生很高大，帶女生轉一圈，女生的裙子轉得像花開，賞心悅目。

珍妮問我想不想下去跳舞？我說我想先享受我的Riesling。

一對小女孩加入舞池，兩人膩來膩去，好不可愛。羅傑問我要不要下去跳？我還是

由貨櫃車改裝的舞台，搖滾樂手在台上開唱，為慶祝活動熱鬧開場。

搖頭，只見年紀超過五十歲的他跳進舞池，隨著音樂開始扭動，毫不扭捏。我看著草地上愈來愈多人隨音樂擺動身體，隨後進入舞池。

珍妮與安佐再度問我要不要下去跳舞？我突然覺得，人都來到紐西蘭了，總不要做壁上觀吧？

我喝乾杯子裡的酒，鑽進人群，一路摸索到喇叭前方，最靠近音樂脈動的地方，就是最有感覺的地方。熱舞正酣，我乾脆脫掉鞋子，赤腳在草地上跳舞的感覺好舒服！

## 需要發洩精力的野獸

音樂一首接一首，安佐與珍妮早就被擠到舞池的中央，一個小女孩走過來，指著我的黑頭髮，一直對她媽媽嚷嚷。我對她笑笑，舞得渾然忘我。

「Goya，我撿到妳的鞋子了！」寄宿家庭主人約翰跑過來說，我只覺得掃興，只能對他說：「謝謝你！不過，我是故意脫掉鞋子的！」

也好，我就擠出舞池，把鞋子放回階梯上，順便休息一下吧。

我才走出舞池，牧場主人詹姆斯就一把抓起我的手，把我拖向舞池。「跟我跳一支舞吧！」他說。我想他是醉了，好像連禮節都忘了，我也不介意，順著音樂，共舞一曲。

坐回階梯上，時間是下午兩點鐘，我才發現自己像是Non-stop地猛跳了兩個小時！

我坐在階梯上靜靜地觀察，安佐說得沒錯，早上道貌岸然的紳士淑女，下午全搖身一變爲需要發洩精力的野獸！

草地上，好幾個我認識的釀酒師家庭都來了，小孩累了就躺下來睡，父母親則在一旁喝酒、聊天。

後方傳來酒莊廣播：「兩點鐘，酒莊開放參觀釀酒過程，有意參加者請到××集合。」這是我一直很想參加的活動，怎知，我儘管努力地想挪動身子，腳卻不聽使喚，我的屁股依然黏牢在階梯上。

我醉了嗎？但是我的意識很清楚啊？

羅傑又在我身邊坐下來，我問他，他移情別戀的女朋友回心轉意了沒有？他搖了搖頭，一臉喪氣的模樣。他突然握住我的手說：「聽約翰說，妳不喜歡吻別、親臉頰、擁抱等肢體碰觸？」

我看著他突如其來的舉動，倒不是覺得他對我性騷擾，而是可憐他最近遭受愛情的折磨。我說：「是啊，台灣人沒有西方人這一套擁抱、親臉頰的禮節。老實說，我連我爸爸媽媽都沒有抱過呢。所以我不能接受。」

突然，他的眼眶紅了，眼睛像是失了焦。我想，他一定沒有聽見我剛才說的話，可

能還在爲變心女友傷心難過吧。我握住他的手，輕輕鼓勵他勇敢走出情傷。

## 請問往馬丁堡要怎麼走？

約翰與珍妮走過來，問我是不是一道坐車回家？我說我似乎醉了，想要走回家，安佐一聽此議，也覺得不錯，於是，我們向尙醺醉起舞的朋友們行注目禮，起身離開。

一路上，我脫鞋步行，踩在軟軟的草地上，大地慢慢把我從微醺中喚醒。不少人騎車經過，也有幾輛大巴士行經，我想，這些人大概是從威靈頓來的吧。

我們並肩同行，有一句沒一句聊著，幾十分鐘後，眼看著就要回到住處。此時，一輛車子按了兩聲喇叭停下來，探出車窗的頭，竟然是Palliser Estate的首席釀酒師艾倫。我們趨近，以爲他要說什麼，沒想到他竟然問我們：「請問往馬丁堡的路怎麼走啊？」

平日看來正經八百的首席釀酒師也會開這種無聊玩笑？眞的是應了安佐所說：「葡萄酒一下肚，馬上就原形畢露了！」

# 葡萄園教我的第三堂課

馬丁堡的葡萄園，
愉悅了成千上萬的品酒者，
也為無數的外籍打工者，
開啓一圓夢想的可能。

清晨七點鐘，黑壓壓的烏雲罩頂，馬丁堡的提慕納路（Te Muna Road）沿線，有著數十公頃的牧場與葡萄園。葡萄園內停著五、六輛車，有十幾名打工者等著上工，以泰國人爲多，除此還有斐濟人、毛利人、印度人。「十幾年前，紐西蘭年輕人前往澳洲開礦、剪羊毛的情景，是否也是如此？」我想。

預定工作的時間七點三十分過了，雇主卻遲遲不到，我與打工者繼續等待。風車高速轉動，轟隆隆的聲響在昏黑烏雲下，彷彿一陣陣雷鳴。

八點整，一輛紅色四輪驅動車來到園中，一名白人中年男子帶著兩名微胖的白人女士下車。「各位好，大家今天要聽這兩名女士的話，她們可是很兇的！」中年男子拉大嗓門對我們說。

接下來，他走到每一排葡萄樹前端，將打工者一一分配到每一排葡萄樹叢。當他爲我分配工作時，我笑著說，我不是來打工的，只是來參觀。兩位女士Christine與Sue一聽我是台灣來的Goya，異口同聲說：「我知道，妳是住在鎮上約翰家的那個台灣女生！」原來，我曾經幫其中Christine的姪女拍過照片、燒過光碟；Sue則與約翰的大嫂相識。世界眞小，我懷疑，馬丁堡一千五百名鎭民會不會都聽過我這號人物？

她們一一爲我介紹葡萄園裡的品種，今天要照顧的就是馬丁堡最著名的紅葡萄品種Pinot Noir。當她們告訴我，這裡是由賴瑞（Larry McKenna）自創的葡萄酒莊The Escarpment Vinyard時，我慶幸不已，因爲，從澳洲來紐西蘭發展多年的賴瑞，正是最早爲馬丁堡酒莊贏得一系列金牌獎，鎭上得獎最多、後來自創品牌的釀酒師。

陽光漸漸冒出頭來，在靠近天空的懷拉拉帕（Wairarapa）山丘上，我目睹「撥雲見日」的美景。

我雖說是來參觀的，卻與泰國女士Aoa一起忙碌工作。我們彎著腰將懸垂、四處亂長的葡萄藤扶正，固定在橫亙的鐵絲線上。打工者速度快的人處理完一排，迅速換到下一排。清新的空氣中，洋溢著葡萄藤與青草香，也聽得見打工者相互閒聊，不標準的英文、文不對題的談話，倒也持續了一個多小時。

一個半小時之後，經理召集大家，宣布新的工作內容：將擋在葡萄串前方的樹葉拔

除，讓葡萄串直接照射陽光、吸收養分。他擔心外籍勞工聽不懂，先行教導幾個英文比較好的斐濟人，再請他們教會其他人。

Aoa的動作較慢，我幫著她一起拔葉子，她很不好意思，一直擔心我會腰痠背痛。還好，不到半小時，我們拔完一排橫列，速度領先。不過，當我端詳手心，才發現葡萄莖葉的綠色汁液已經滲入我的手掌紋，指甲縫盡是黑綠的污垢。「妳應該戴手套啊！」Aoa說。我笑了笑，其實我在寄宿家庭的葡萄園工作時，根本沒想到要戴手套呢。「他們今天應該算工錢給妳的！」一個打工者笑著對我說。

十點整，抽菸時間（smoking time）到了！這個名詞來自於剪羊毛工人的作息，每工作一段時間，就讓工人喝杯茶、抽根菸休息十五分鐘。

在葡萄園裡，休息時間共有三段，一是早上十點整，休息十五分鐘；二是中午午餐時間，休息半小時，三是下午三點，休息十五分鐘；最後一段則是下班時間，從五點到七點不等。

Aoa打開汽車後車廂，裡面是上工前準備的土司、便當、零嘴、幾瓶水。Mick爲我遞來爆米花、巧克力餅乾，他自己捨不得吃零食，反而喝起水來。

幾個外籍勞工在汽車旁圍坐成一圈，用簡單的英語聊著夢想與感受。

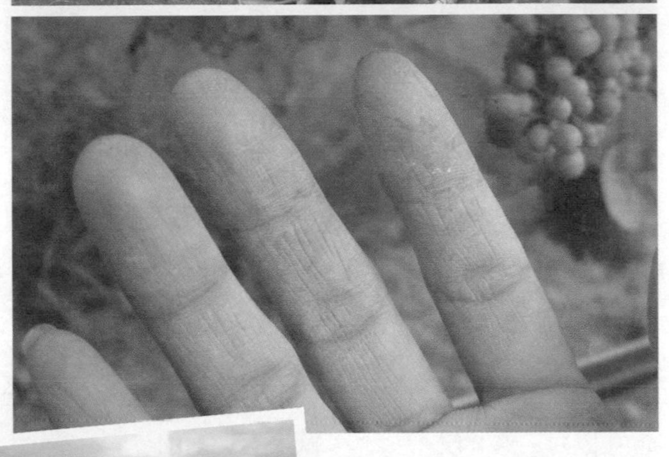

▲我拔葉子時沒戴手套，葡萄莖葉的綠色汁液滲入我的手掌紋，染成一片綠色。

◀從各地來到葡萄園打工，為了一圓夢想的人們。

泰國人Tony過來與我攀談。大學時讀新聞的他，由於泰國的新聞業不發達，轉到花旗銀行推銷信用卡。英文流利的他，喜歡紐西蘭的生活環境，所以來這裡工作，夢想是能成爲紐西蘭公民。但是，眼前的他卻因爲簽證過期，申請加簽的進度還不明朗，他擔心會遭遣返，整段休息時間，他的表情是愁苦的。

Aoa的夢想是到紐西蘭南島北端的Nelson開一家泰國餐廳，目前還在努力賺錢。她來到這裡才發現物價昂貴。她指著腳上的黑色塑膠筒靴說，這雙在泰國只賣三十二元泰幣（新台幣二十八元），在紐西蘭卻要四十二元紐幣（約一千元新台幣）。「我出國時只帶了一雙鞋，穿來工作會壞掉，只好在這裡買了這雙靴子。」她懊惱說著。價昂還不打緊，紐西蘭酷熱的夏天，熱氣從土地透過塑膠靴傳上來，「雙腳燙得要死。」她繼續說。泰國文化崇尚白皙皮膚，她爲了防曬，穿著長袖襯衫、裹著頭巾，全身包得密不透風，臉上還塗了厚厚的防曬油，疹子從臉上冒出來。

來自斐濟的一家四口，四十二歲的母親是斐濟的英文教師，去年與先生一起在紐西蘭梅西大學進修，直到二〇〇六年底。十七、十八歲的兩個女兒也來到紐西蘭唸中學。今天趁著學校放假，一家人來打工賺錢，打工完，要開兩個小時的車，趕回北帕莫斯頓（Palmerston North）的住處。

儘管紐西蘭有著許多斐濟移民，但是，這位母親卻是以教育斐濟人爲職志，「我不

想移民來這裡，我喜歡斐濟，我要回去教書。」她自豪地說，斐濟包含三百多個大大小小的島嶼，而她所居住的島上有一種獨一無二的特有鳥類，身上流著橘色的血。她希望有一天，大家都能到斐濟去旅遊，認識這座美麗之島。

十點十五分，沒有警鈴，沒有人吹哨子，大家自動歸位，回到葡萄叢裡繼續工作。儘管身爲監督者的白人女士 Christine 與 Sue，也是一起彎著腰工作。

風吹來，烈日正式現身，從葡萄園側看，葡萄葉散落地上。我將葉子摘除，一串串晶綠的葡萄終於浮現輪廓，向陽光打招呼。

秋天將至，一顆顆彈珠般大小的葡萄，正要吸取陽光，等待成熟，每摘一片葉子，我便向面前的葡萄串許下一個願望：一定要成爲令人愉悅、幸福的上等 Pinot Noir 紅酒。

午休時間，大家紛紛從車上拿出便當享用。我摘下白色的寬邊帽，在防風林旁躺下來，體會養分與水果香味從土壤裡陽光穿透葡萄藤，直達葡萄的力道。這是我想要盡情吸收的自然能量！

感謝馬丁堡的葡萄園，既創造上等 Pinot Noir，愉悅了成千上萬的品酒者，也爲無數的外籍打工者，開啓一圓夢想的可能。

# 一枝獨秀的美妙與代價

←跟葡萄酒比起來，
啤酒在紐西蘭人的生活與文化中，地位更重要。

星期五傍晚五點鐘，台北上班族還在工作的時刻，馬丁堡卻有不少人下了班，開車前往河邊，鶴立在一片葡萄園中的黑色房屋。房子外牆貼著不起眼的白色招牌：「馬丁堡啤酒公司」（Martinborough Brewing Company）。

小小的「Open」招牌在窗玻璃上迎客。

推開玻璃門，室內沒有沖天的菸味，只有輕輕的音樂與微醺的低語，迎面襲來的是令人驚嘆、新鮮的啤酒香。

原來，這裡是個酒吧，而啤酒廠就在吧台旁邊一大片玻璃門後面。只見玻璃後面矗立七個超過兩公尺高，三人合抱之寬的鐵製大酒槽，一目了然。吧台的啤酒都由這裡新鮮供應。

這家一年前開業的啤酒廠，正屬於紐西蘭近年風起雲湧時尚新典型：精品啤酒廠（boutique brewery）

「我不知道要喝哪一種，可以嚐嚐（taste）看嗎？」我問吧台值班經理安德魯（Andrew Barnes）。

爲了服務新客人，吧台也像葡萄酒莊一樣提供試飲服務。高腳杯裡裝著半杯 white rock whole wheat 啤酒，我一嚐，就喜歡這不辣、不嗆鼻的味道。「我就來一杯這個吧！」我對值班經理說。

星期五晚上，人們忙完一週的工作，紛紛來此喝酒小聚，有人甚至帶著小朋友來玩。大約二十個室內座位已經坐滿人，沒位子的人就站著聊天。

座位上，分屬幾大競爭品牌的葡萄酒莊工作者，仍能在這裡一起喝啤酒，聊著運動與節慶，令我羨慕不已。台灣某些產業的你死我活、勢不兩立，恐怕很難見到這樣的景象。我就很難想像聯電與台積電的領導人們坐在同一個桌上喝酒。

## 啤酒的地位比葡萄酒更重要

「妳覺得這裡的空氣怎麼樣？」一名英俊的男士拿著酒，過來攀談。

「啊？空氣？很新鮮啊？」我胡亂回答一通。

「妳看前幾天的新聞，紐西蘭政府剛通過禁止公共場合吸菸，所以，來 Pub 喝酒再也不會全身臭菸味。」他拉拉上衣，聳了聳肩自我介紹說，他是經營牧場的詹姆斯，又

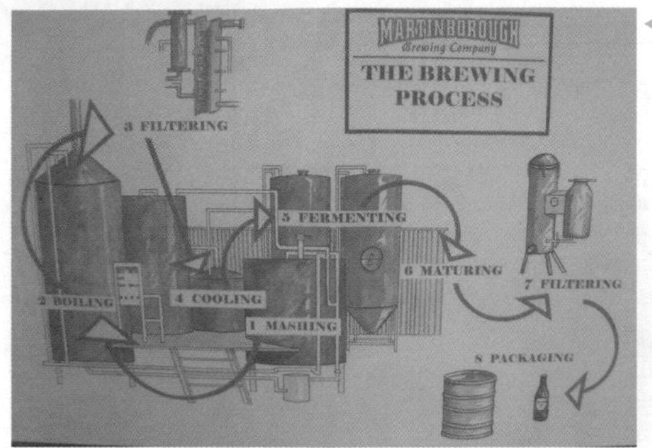


◀啤酒生產比葡萄酒快，不需要等待收成與釀製的時間，較容易掌握變數。圖為啤酒生產的過程圖。

▼馬丁堡唯一一家啤酒廠的經營者安德魯先生。

▲
安德魯生產的啤酒曾榮獲「全世界最好的啤酒大獎。

馬丁堡的啤酒種類多樣，在紐西蘭人的生活與文化中，比葡萄酒的地位更重要。▶

問：「妳是哪個國家來的？」

「台灣。台灣禁止在餐廳禁菸，我就是討厭菸味，所以在台灣時很難在Pub或餐廳好好享受美食美酒。」我舉了杯，跟他Cheers了一下。

「在一個葡萄酒莊遍布的地方，怎麼會有人開啤酒廠？」我問。

「其實，跟葡萄酒比起來，啤酒在紐西蘭人的生活與文化中，地位更重要。」詹姆斯說。

「即使在一個以生產葡萄酒聞名的鎮上，也是如此嗎？」我一邊喝著新鮮的啤酒，頭上冒出巨大的問號。吧台值班經理安德魯聽見我的好奇心，邀請我在星期天早上參觀釀酒過程。

星期日上午七點鐘，趁著啤酒廠釀酒的時刻，我來找答案。

早在上午六點鐘，安德魯與一名工作人員便起了個大早，來到啤酒廠開動機器，準備原料，將預定要釀的麥子倒進一個標示了酒種與釀造時間的大鐵槽。

安德魯爬上階梯，站在鐵槽旁，打開鐵槽頂蓋，讓我嗅聞香味。

啊！那是一股麥香，而非我以爲會有的酒香。

「爲什麼在馬丁堡生產啤酒？」我開門見山問。

安德魯說，儘管啤酒與葡萄酒的基本釀造過程類似，「都需要糖與酒精。啤酒以穀

類爲原料，葡萄酒則以葡萄當原料。但是，啤酒卻更吸引我。」

首先是地域因素。

馬丁堡以葡萄酒爲主要產業，鎮上到處是供應遊客的葡萄酒莊，而本地居民社交之處，除了一家旅館附設的酒吧，以及另一家酒批發商附設的小酒館，就是幾家高級餐廳與咖啡店。雖然鎮民只有一千五百名，安德魯還是看準了這個丰地需求，投資設廠。

「你必須要有區隔（differentiation）。」身兼股東的安德魯站在啤酒槽旁解釋。

此外是速度。

好的回收可以減少投資風險，快速的回收更是投資人的定心丸。啤酒生產速度快，只需購置設備，買入原料即可生產；相較之下，葡萄酒從種植、收成、釀製卻需要一年時間，還不包括一年以上的裝瓶銷售。

而且，生產啤酒的變數較容易掌握。

「生產啤酒過程中的變數比較可控制，葡萄酒卻要考慮天氣，照顧葡萄園的人手……」安德魯解釋。

## 把酒吧當酒莊經營

儘管生產啤酒有其好處，然而，一枝獨秀、僅此一家的精品啤酒廠，力量畢竟不及

全鎮力挺的葡萄酒產業。

走進鎮上的超級市場，酒架上除了羅列各種啤酒，也有馬丁堡啤酒廠的啤酒，這是安德魯自己鋪的貨。相較於其他品牌，馬丁堡啤酒廠仗著本地的新鮮口感，半打啤酒要賣十七元紐幣（約三百九十一元新台幣），價格硬是比別人貴了一倍。雖然在假日時，超市架上的馬丁堡啤酒通常能銷售一空，只能到酒廠來買，然而，實際的問題是，跨出馬丁堡所在的懷拉拉帕（Wairarapa）區，就不容易看到馬丁堡啤酒的蹤影。

爲了突破小格局，安德魯援用葡萄酒莊的經營方式。比如把酒吧當酒莊來經營，顧客消費之前先品酒試飲。此外，啤酒廠開辦初期，馬丁堡啤酒廠生產的啤酒參加不少啤酒比賽，不僅得到好評，還得到好幾座大獎。

「全世界最好的啤酒（Best in class 34, Belgian Style Witbier）」、「2004年國家冠軍啤酒」，幾座獎牌放在吧台桌上，很難不讓人注意它受到的肯定。而我喜歡的white rock whole wheat啤酒，就是榮獲國際大獎的啤酒。

爲了凝聚社區居民的忠誠度，這裡也開放買酒記帳。只見安德魯斟完一壺啤酒，轉身在結帳櫃檯上的一本小冊子上寫字，飲酒者與賣酒者皆大歡喜。

「我們沒有預算做廣告，純粹靠口碑宣傳。」安德魯說。

星期天，當馬丁堡鎮民放下工作，休養生息之際。安德魯卻必須在陰天早起，趕在年節前夕生產更多啤酒。

在葡萄酒鄉釀起精品啤酒，雖然有著一枝獨秀的產品、口味與氛圍，卻也必須忍受與眾不同的生活節奏與經營風險。

這或許是一枝獨秀的美妙，也是一枝獨秀的代價吧？

## 課堂以外的事

### 紐西蘭嚐美食的五種玩法

1.到酒莊品嘗美酒：近 30 年來，紐西蘭葡萄酒因為在倫敦酒賽中打敗不少法國老字號酒莊，因而聲名崛起，紐西蘭的白葡萄酒 Sauvignon Blanc，與紅葡萄酒 Pinot Noir 以及南島的冰酒，都是好喝又不貴的精品。台灣的進口關稅高，因此，到紐西蘭的超市買酒，或親臨酒莊品酒，可說是物超所值，錯過可就虧大了。簡介幾款非喝不可的酒，選購方法和推薦酒區、酒莊。（見第 179 頁）

2.精品啤酒廠：對紐西蘭人來說，啤酒是看球賽、生活、社交必備的飲品。近年來流行的精品啤酒廠強調，最新鮮的啤酒，就在 pub 旁邊現釀現喝。在許多小鄉鎮都可以見到這類精品啤酒廠，及其附設的 pub。

3.鮑魚、海鮮應有盡有：紐西蘭四面臨海、海鮮量多質精，到各臨海城市或鄉鎮，別忘了到賣店吃最新鮮的海鮮。紐西蘭的湖泊很多，可以帶根釣竿釣鱒魚，現釣現煮，在紐西蘭最大湖：陶波湖就有特殊行程，有專人教你釣魚，而且保證釣到，成就感十足。

4.夏天吃草莓、櫻桃，冬天吃奇異果。紐西蘭一年四季產水果，而且最好吃的都是台灣吃不到的絕佳種類。夏天吃半個手掌大的草莓，一大盒只要新台幣 60 元，冬天酸甜的奇異果，一大袋只要新台幣 23 元，夏天還盛產杏桃、西洋梨、水蜜桃、李子、蘋果，開車到鄉間繞一圈，到處都是觀光果園，含豐富維他命 C 的紐西蘭水果，吃愈多愈水噹噹喔！

5.鮮嫩多汁、簡單料理的牛排與羊排：吃紐西蘭的好牛排，不用上餐廳，也不用講究烘焙技巧，只要走進鄉下的肉店或大都市的超市購買當天現殺的牛肉，在爐子上一烤，撒點鹽巴或胡椒就美味無比；怕吃有腥味的羊肉嗎？紐西蘭的羊肉絕對不會有腥味。簡單的料理，讓你吃出紐西蘭鮮美食材的美味。

## 紐西蘭必收藏十五大頂級葡萄酒（括弧內為產區名）

Dry River - Risleng, Pinot Noir（Martinborough）
Ata Rangi - Pinot Noir, Clebre（Martinborough）
Cloudy Bay - Sauvignon Blanc（Marlborough）
Fromm Estate-Lastrada（Pinot Noir）（Marlborough）
Hunters - Sauvignon Blanc, Chardonnay, Pinot Noir（Marlborough）
Stonyridge - LaRose（Waiheke Island ,Auckland）
Kumeu River - Chardonnay（Kumeu, Auckland）
Goldwater Estate - Waiheke Red, Esslin Merlot（Waiheke Island,Auckland）
Te Mata - Coleriane, Awatea（Hawke's Bay）
Morton Estate - Black label Chardonnay（Hawke's Bay）
Esk Valley - Reserve Cabernet Sauvignon Merlot（Hawke's Bay）
Clearview - Chardonnay, Merlot（Hawke's Bay）
Trinity Hill - Syrah（Hawke's Bay）
Nurdorf - Moutere Chardonnay（Nelson）
Montana - TOM（Hawke's Bay）
註：本欄順序不代表酒評排名順序

## 在台灣，如何買到紐西蘭葡萄酒？

台北101大樓Jason's超市，大葉高島屋百貨超市為大宗。或電詢紐西蘭葡萄酒專門進口商紘道國際，tel：02-2598-7882電詢LVMH集團旗下名酒Cloudy Bay（雲霧之灣）進口商酩悅軒尼詩公司tel：02-23778987。
平均價格：新台幣七百至一千八百元。

## 在紐西蘭當地超市可買的葡萄酒品牌

Coopers Creek Vinyard
Mills Reef Winery
Villa Maria Estate
Montana
Nautilus Estate
Pegasus Bay

## 薰衣草花園裡，小蜜蜂飛行

←我覺得自己正如雄蜂般，飛行在紫色的花梢，
專心品嘗生命花蜜的甜美，
觸覺、視覺、聽覺、嗅覺已然飽足。

我沒去過日本北海道，也沒去過法國普羅旺斯，卻眞眞實實地在紐西蘭北島葡萄產區霍克斯灣的海斯汀（Hasting）鎭，被一整片比小學操場還大的薰衣草花園炫惑了。

陽光美好的星期日上午，我造訪位於海斯汀的酒莊。回程已是中午，酒莊人員建議我到附近的一家薰衣草餐廳（Casa Lavender）吃飯。

在紐西蘭，薰衣草隨處可見，家家戶戶的庭園都有它的蹤影，不像台灣少見、難種植。我納悶，在紐西蘭，一個以薰衣草爲主的地景（landscape）餐廳會有多大的吸引力？

人果眞是要眼見爲憑的。

當炫人的紫色一點一點地從牧場與葡萄園中跳進視野，車子停下來，我往山坡望去，眼前種滿一整片比小學操場還廣大的薰衣草，就在我眼前鋪展開來。什麼是「數大

就是美」？這片薰衣草田名副其實。

在餐廳裡快速點了餐，我的心根本不在餐點上，而是在旁邊那整片薰衣草花園。

薰衣草是一種香草，農人一畦一畦地將它種在乾枯的土壤。每一畦長約五十公尺，自山坡下延伸至山丘，我往山丘望去，丘頂彷彿就是天空。

## 畦與畦之間的紫色香氣

我走進畦與畦之間不及三十公分寬的小徑，小腿輕觸薰衣草叢，我蹲下來聞著它的淡淡香氣。先是打開嗅覺器官，隨後，我的聽覺器官也打開來了，嗡嗡聲在耳邊縈繞不絕，我尋覓聲音來處，只見一隻黃黑條紋，如大拇指前端一般大的雄蜂，正專心吸吮薰衣草花蜜。

我深吸一口氣，讓視力適應這薰衣草的大片紫，我訝然發現，成百上千隻大雄蜂隱身於薰衣草花叢裡，嗡嗡地吸吮、飛行，好不快活。我蹲在花叢，靜觀牠們吸吮花蜜的專注，感動不已。我覺得自己正如大雄蜂般，飛行在紫色的花梢，專心品嘗生命花蜜的甜美，觸覺、視覺、聽覺、嗅覺已然飽足。

回到馬丁堡，我馬上將今天拍攝的薰衣草照片上傳到我的部落格網路照片集。心還遺留在那紫色彩與甜蜜蜜。這時候，好友 Jaclyn 從 MSN 上面傳來一聲招呼。

# 活在當下的幸福

——

Jaclyn：哈囉！

我：最近好嗎？

Jaclyn：忙，忙著吃尾牙、忙著參加公司新年大會、忙著盯進度、開會，忙得心裡不知在忙什麼，也忙著家裡的事，忙婚事。

我：恭喜妳！要結婚了！

Jaclyn：心很忙。我不明白的是，心中有一種很奇怪的感覺。覺得很忙碌，很像小蜜蜂一直飛。一種空空、茫茫。

我：爲什麼呢？

Jaclyn：有種很實際的感覺，但又不太切實際。

我：可是，我今天很仔細地在薰衣草花叢裡觀察蜜蜂喔，我發現，蜜蜂很專心在尋找花蜜耶！

Jaclyn：是喔？

我：蜜蜂其實很忙、很實際喔！牠們眞的好認眞，好活在當下喔！妳現在是不是沒

有活在當下的感覺？

Jaclyn：嗯。妳是說，牠們有目標。對不對？

我：我想，妳如果有目標，有重心，就會很明確。

Jaclyn：妳知道我有一段時間一直在追求幸福。

我：是啊，妳現在正在幸福中呢。

Jaclyn：是啊，我的目標就是找到一個伴侶，一同組織一個家庭，現在找到了，不禁自己慶幸。

我：所以啊，妳剛才說妳忙得像小蜜蜂，我倒覺得滿好的。牠們眞的好認眞，一直飛，一直找，找到花蜜就黏上去。我以前從來沒有機會認眞端詳過。

Jaclyn：）謝謝妳的鼓勵。我總是很欣賞妳有能力正面地去看待事物。

我：別這樣講囉。Bye。

睡前，想起Casa Lavender一整片沿山坡開展、搖曳的薰衣草，我不禁莞爾，我跟這一群大雄蜂，都被這片炫人的花園誘惑了，牠們的目標是花蜜，而我，只是單純爲著欣賞這一片燦爛的紫色，卻意外地見證了另一群生物奔放的生命力，不僅感動了我，也激勵北半球遠方的好友。

能說這不是生命的巧遇嗎？

Casa Lavandar 地址：176 Mangatahi Rd. RD1, Hasting, New Zealand

# 青天裡的空中之翼

←眼神移回舞台正前方，
我才發現，
眼前這正要爬升的灰色戰鬥機，
機身上竟然貼著青天白日滿地紅的國旗！

一月，馬丁堡的鎮上商店到處張貼著「懷拉拉帕空中之翼」（Wings Over Wairarapa）的海報，這是馬丁堡、葛瑞鎮（Greytown）、馬斯特頓（Masterton）等幾個隸屬於懷拉拉帕區（Wairarapa）的小鎮，一年一度的盛事——航空展。

我不是航空、飛行迷，不過，聽說熱氣球、二次世界大戰參戰國的戰鬥機都會在航空展出現，於是，當朋友作家安佐說要去馬斯特頓的書店逛逛，順便去參觀航空展，我也欣然同行。

當我們來到航空展的入口，我是眞的嚇壞了。我曾經參觀過美國林肯的航空博物館、紐西蘭奧克蘭博物館的二次世界大戰飛機，不過就是在一座大建築物裡擺著幾十座模型飛機爾爾，沒想到，這裡的航空展，實在是太有誠意了！

## 南半球的青天白日滿地紅

幾乎是十個台北松山機場大小的場地，再分爲兩個場地，一個場地靜態展示各種奇形怪狀的航空器，有熱氣球、自行發明的飛機、各型戰鬥機，也有紐西蘭當地的飛機。這裡沒有任何「展示品請勿觸摸」的告示，民眾可以帶著小朋友自由打開機艙門參觀，展示者則如數家珍地講解。

忽然咻一聲，五架飛機從頭頂上呼嘯而過，不一會兒，又從遠方折返，在藍藍的高空中拖出五條白色的弧形，人們鼓掌叫好。

原來，在靜態展示區的另一頭，是一個巨大的停機坪，停了更多戰鬥機，「接下來，二次世界大戰主要參戰國的戰鬥機，即將登場！」全場響起廣播。

「舞台」其實就是數百公尺長的飛機跑道，跑道旁五十公尺圍了一道木柵，所有的觀眾就在柵欄後方站著，等著看好戲。

掛著英國國旗的戰鬥機，從跑道左邊加速，幾乎是在我的眼前拉高機頭，一飛沖天，人們響起一陣歡呼。接著登場的是美軍戰鬥機，我的眼神隨著它爬升、直入藍天。

眼神移回舞台正前方，我才發現，眼前這正要爬升的灰色戰鬥機，機身上竟然貼著青天白日滿地紅的國旗！「我的天啊！那是我國國旗耶！那是二次世界大戰的老戰鬥機

耶！」我轉身對安佐大聲嚷嚷，大概是太興奮了，手上的馬丁堡啤酒差一點潑灑在前方的小朋友身上。

日軍與德軍戰鬥機接連飛上青天，不一會兒，五國戰鬥機竟然在空中互相搏鬥，兩機互相貼近、看似要撞擊了，不一會兒又飛開，另一架飛機又前來攻擊，就這樣持續飛戰了十幾分鐘。

## 下一個夢想是開飛機

空中的戰鬥還沒結束，地面上突然有十幾輛坦克車開來，停車，一批軍人站在大炮後方，一批軍人持槍、躲在掩蔽後方，接著，他們往空中射擊，還把場地前方的一個茅屋擊出火花，頓時冒出烈火黑煙。

二次世界大戰的重演場面，令人們看得嘖嘖稱奇，這時候，勝利的樂聲響起，這是觀眾區後方的一組軍樂隊所做的現場演奏，只見指揮與樂手在大太陽下奮力演出，汗珠濡濕了厚重的制服。

我國的戰鬥機不知道飛到哪兒去了，接著上場的是紐西蘭的戰機，但是我體內的血液竟然澎湃不已。今年是戰後六十多年，竟然會在異鄉的天空看到我國戰鬥機重演二戰空中搏鬥的場景！

「我突然好想學開飛機喔！不知道在空中飛行是什麼樣的滋味？我下一個夢想是開飛機！」我轉身對安佐說。

「那妳要不要去參加飛機駕訓班？我兒子現在也在學喔！」安佐說。

我眞是太幸運了，才剛萌發一個夢想，竟然就有機會實現。

紐西蘭，這是什麼樣的魔法之地？

# 我會開飛機了！

我感覺飛機好像正在往下降，飛向藍色的海水……
火山島慢慢出現在窗前視野的下方，
我很想看清楚火山島的輪廓，
於是一直向右轉，直到火山島消失了、南島出現了。

我一直以爲，學開飛機只有一個途徑：加入空軍。沒想到，在紐西蘭就有飛行駕訓班。

透過安佐夫婦的安排，我坐火車來到威靈頓近郊 Paraparaumu 的飛機駕訓班「Associated Aviation」上課。

我的教練 Dave 聽說我沒有交通工具，於是來到 Paraparaumu 火車站接我。Dave 一九〇公分、有點駝背，穿著白上衣、藍褲子的飛機駕駛員制服。

## 離開陸地，航向青天

塡了有關安全需知的表格，交了五十九元紐幣（約新台幣一千三百六十元）的費

▲與教練 Dave 在教練機前合影。

▼型號 CESSNA 152 是養成所有民航機師的基本教練機。

用，Dave 領我到一間教室去。教室牆上貼著一張鉅細靡遺的駕駛艙儀表板海報，他先拿了一個小模型飛機講解飛機的結構與飛行原理，接著教我怎麼看海拔高度、經緯度、使用對講機、操作方向盤。

說實在，我沒有學習過太多有關飛航的英文專有名詞，所以上起來有點「霧煞煞」，他每說完一次，我就複誦一次，惹得他哈哈笑，「走吧！我們去開飛機吧！待會兒飛機上我還會再說一遍，別緊張！」

停機坪上停著一輛小飛機。「記得這個型號，CESSNA 152，這是養成所有民航機師的基本教練機。」他閃著白牙微笑說。

這是兩人駕駛艙，窗戶與座位都比汽車小一些。我左他右，繫上安全帶、戴上對講耳機，胸口前方就是方向盤，我只有一雙手，還在決定該握相機，還是方向盤時，Dave 說，由他來負責起飛與降落，所以我可以放心拍照。看他在儀表板上按東按西，耳機裡傳來他的聲音：「請求塔台，我們即將起飛！」然後眼前的螺旋槳飛快地轉動，我感覺機身與我的血液也震動起來了，飛機才往前移動一下子，我的相機就突然熱得當機，拍不到任何畫面了。「啊！那眞可惜，也好，妳可以專心開飛機了！」Dave 才說完，我感覺我們已經離開草地，飛向青天。

往下看，方才搭的火車從海岸那邊開過來，好似小朋友愛玩的迷你火車，Dave 說，

海岸那邊就是威靈頓市區，我住的馬丁堡則是在火車鐵軌旁的山脈後面，而我們如果往前直飛，就會飛到南島去了。

Dave在空中一百八十度旋轉，飛到海岸旁的一個小島上空。往下看，火山地形的小島，有著絢爛的岩漿地形，島上似乎沒人住。

## 又完成了一項「壯舉」

我還陶醉在美景中，怎知Dave突然說話了：「好了，現在換妳開飛機了！」奇怪的是，繳錢上課的是我，但一想到我即將操縱整架飛機與兩個人的命運，連手都硬得像石頭，無法動彈。

「不要擔心，我會在旁邊幫妳。」Dave鼓勵我。

我把手放在方向盤上不敢動，我到底該把方向盤向下壓還是往上拉？我拚命搜尋方才上課的記憶，無奈，腦子一片空白。那我就向下壓囉，神奇的是，我感覺飛機好像正在往下降，飛向藍色的海水；接著我又往上拉，咦！飛機好像又上升了；我把方向盤往右轉，火山島慢慢出現在窗前視野的下方，我很想看清楚火山島的輪廓，於是一直向右轉，直到火山島消失了、南島出現了，「恭喜！妳已經轉了三百六十度！」Dave說。

我很得意，因爲又完成一項人生中的「壯舉」！但是，我僵硬的臂膀還掛在方向盤

上，眼睛盯著前窗，不敢隨便做大動作，深怕一閃失就發生空難。「跟開車很不一樣吧！開車只有左右，可沒有上下的高度，開完飛機妳就會覺得開汽車像是玩玩具。」Dave想要緩和我的緊張。

直到Dave宣布上課時間將屆，要接手方向盤，我的臂膀才放鬆下來，不知是不是所有初學者都像我一樣全身僵硬？

## 飛行天際的嚮往

Dave加速，我們越過火山島，白色的駕訓班房舍與停機坪出現在視野尾端，耳機裡又傳來他的聲音：「請求塔台，我們即將降落！」

我眞的會開飛機了！我暢快地呼吸，感覺身體肌肉也舒張開來。

當螺旋槳終於停下來，我轉身謝謝Dave給我這麼精采的一堂課。「不客氣，我也很高興能教妳！」他伸出大手來，給我緊緊一握。

走下飛機，我的步子輕飄飄的，不知是不習慣，還是太開心了？

過去的我未曾嚮往飛行，怎知一場航空展不僅讓我興起對飛行的嚮往，幸運的是，還有機會學開飛機。我有預感，說不定哪一天我會半路出家，成爲女機師呢！

# 葡萄園教我的第四堂課

## 歸途——在北方的收成聲中惜別

←慶典上展現著各種燦爛的顏色，
我專心觀察眼前百態，
馬丁堡飯店前，一名男子張開大口，
一口咬下半個大漢堡；
馬丁堡特產中心，外地人瘋狂地購買當地的特產；
Aoa與她的先生親密地在馬丁堡飯店前合照；
小仙女娃娃在攤位上飛舞著。
這些是我不會忘記的畫面，
我要像相機鏡頭一樣，
將它們一一記下。

# 葡萄園教我的第四堂課

我突然覺得，
幾個月前，那顆當初在台灣質疑天命的葡萄，
在經歷馬丁堡迥異的環境之後，
那內在的複雜度與飽和度，已經有了透徹的變化。

「氣象預報說，明天開始會下大雨，下午我請人來爲葡萄園噴藥劑（spray），我出門去了。」約翰出門上工之前對我與馬可說。

吃完早餐，馬可說，葡萄園裡的葡萄藤已經太長了，不僅吃掉葡萄的養分，也遮住葡萄的陽光，他想要在噴藥之前修剪葡萄藤。

也好，趁著下雨之前活動筋骨，我赤腳隨著馬可走進葡萄園。好一陣子了，我都在別家商業酒莊的葡萄園裡混，至於約翰的葡萄園，我已經有一段時間沒進來幫忙了。

怎知，這裡的葡萄藤像是大蕈菇一樣，頭重腳輕，葡萄遠比其他葡萄園還小，埋沒在雜亂的藤蔓與葉片中，一副營養不良的模樣。我彎著腰工作，花在每棵葡萄樹的時間

比其他葡萄園的時間還來得久。

我不禁感嘆：「如果，葡萄能自己選擇生長的地方，會不會更想生長在一個會仔細照料葡萄的商業酒莊裡？而不是在一個將種葡萄當作興趣的業餘葡萄園？」

葡萄之所以能變成佳釀，不正因爲吸收了環境給予的足夠涵養，包括陽光、空氣、適度的濕度與土地的養分，使得它擁有不同於其他環境的複雜度與飽和度嗎？

而我，在台灣時之所以質疑天命，不就是因爲當時環境無法滿足我對生命的期待？我對生命可能性的追求？對生命複雜度與飽和度的渴望嗎？

作爲一顆質疑天命的葡萄，此刻的我，是不是已經達到我想要的複雜度與飽和度了呢？

工作了一陣子，我想出門散步，帶著這個問題仔細思索。

## 家鄉的圖騰與印象

我走得很遠很遠，走出鎮上，兩頭長得像「賤狗」的牛一直看著我，我向牠們輕輕說哈囉。經過我最喜歡的洋蔥田，夏天裡的洋蔥花，一球球美得像乳白色的油畫。

一群小羊慢慢沿著山邊的狹路走上山谷，「小小的羊兒回家了，咿呀嘿，呀嘿……」我不覺輕輕唱起這支家鄉的老歌。

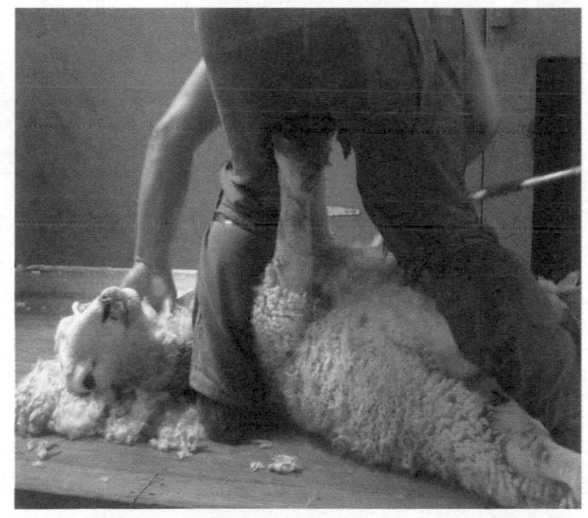

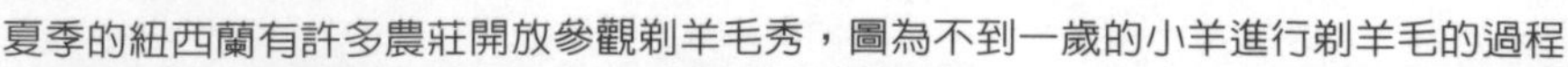

夏季的紐西蘭有許多農莊開放參觀剃羊毛秀，圖為不到一歲的小羊進行剃羊毛的過程。

隨著羊兒的步伐，一卷卷散放在牧場上的黃色乾草映入我的眼簾，我突然噗哧一笑，不自覺地脫口而出：「好像孔雀咖啡捲心餅喔！」

難道，我想家了嗎？

北半球家鄉的圖騰與印象，竟然一一浮現。

會不會，是該離開的時刻了？

忽然，牧場上，一位胖胖的女性向我大聲呼叫，要我小心別誤觸通電的圍籬。「妳從哪裡來啊？」她走近問。

「台灣。」我說。

「啊！那不就是在香港旁邊嗎？我每年度假一定去香港耶！」她讚嘆。

「爲什麼？」我很疑惑。

「啊！妳不知道，香港有好多高高低低的獨特建築物，到處都是看不完的人與車，不像這裡，每天都是山啊、牧場啊、羊啊，快悶死了！」

她帶我到她家，請我喝了杯自己榨的果汁，還邀請我到她家去參觀剪羊毛的過程。

六十歲的她與將近八十歲的先生，帶著兩個二十幾歲的兒子住在牧場上。

十個剪毛工人受雇來此，領頭的剪得最快，只見他從一道門後抓出一頭羊，在羊還來不及掙扎之前就塞進胯下，嚕嚕嚕嚕，不到兩分鐘，光溜溜的羊就被他推進另一道

門。另一個工人乘機把羊毛掃開。

我繞進羊圈，近距離端詳剪完毛的小羊，身上到處都是紅紅的傷口，令我不忍卒睹。「牠們為什麼會流那麼多血？」我問。她說，這批都是不到一歲的小羊，皮膚太嫩，剃刀很容易就刮出傷口，「不要緊的，打了針，牠們的傷口很快就會癒合。」

我懷疑：「如果羊能說話，牠會不會抗議或掙脫？」羊兒既驚嚇又茫然，我看得有點心驚，誠心地謝謝牧場女主人，啓程回鎮上。

回到住處，葡萄園裡已經有人來回噴藥。這樣一來，葡萄樹馬上就會有足夠的能力抵禦日後的陰雨了。

遠遠望去，葡萄園上方瀰漫著一層霧氣，彷彿有人在葡萄園裡施放乾冰似的，如夢似幻。

我突然覺得，幾個月前，那顆當初在台灣質疑天命的葡萄，在經歷馬丁堡迥異的環境之後，那內在的複雜度與飽和度，已經有了透澈的變化。而且，似乎得到相對充足的能量，可以回台接受未知的挑戰。

我該準備說再見了嗎？

在我心裡的葡萄田，我知道我的糖分已經飽和了，也許，該在此畫下一個圓圓的句號了。

# 課堂以外的事

【紐西蘭的新鮮印象】

## 第一印象　牛、羊、藍天、奇異果與葡萄酒

從安佳奶粉強打紐西蘭純淨水與草地滋養的牛乳開始，牛、羊與藍天就成了台灣人對紐西蘭的刻板印象，台灣人到紐西蘭少不了要去牧場看看剪羊毛、騎騎馬。不過近年來紐西蘭奇異果與葡萄酒風行全世界，紐西蘭農業已經結合觀光，吸引人前往度假。你可以住牧場體驗哈比人恬靜、務農的安居樂業，或是在浪漫酒莊品酒，享受葡萄酒的甘醇與浪漫。

## 第二印象　到紐西蘭遊電影

「鋼琴師和她的情人」在奧克蘭的海灘拍攝，「魔戒三部曲」在北島威靈頓與南島的各大觀光景點拍攝，「鯨騎士」也是在沿海拍攝，電影「末代武士」是在 Taranaki 實景拍攝的電影。其實，紐西蘭政府鼓勵藝術創作，因此不少藝術家以紐西蘭為題材創作。今年，另一電影鉅作「獅子、女巫、魔衣櫥」也在紐西蘭拍攝。

## 第三印象　橄欖球國家運動

台灣人瘋棒球，只要打贏日本或韓國，自尊心與國家認同感一下子提高不少。紐西蘭也是，紐西蘭人可以不吃飯、睡覺，但是一定要徹夜看國家隊 All Blacks 的橄欖球賽，只要打敗澳洲，人們就會瘋狂慶祝，國家消費力因此提升。 All Blacks 的魅力迷人，連觀光客都受吸引。到

## 課堂以外的事

紐西蘭別忘了造訪各地的 All Blacks 紀念品專賣店。

### 第四印象　戶外運動愛好者的天堂

紐西蘭北從低緯度地帶，延續到近南極的高緯度地帶，海洋、海岸、高山、沙漠、冰河、峽灣，各種險阻地形，吸引戶外運動者齊聚，挑戰人體極限。

如：高空彈跳、高山攀岩、冰山健行、高山滑雪、划獨木舟、海釣與湖釣、徜徉高爾夫球場、衝浪、溯溪、駕帆船。

### 第五印象　發揚毛利原住民文化

紐西蘭雖是以西方人為主的移民社會，卻在法律規章與制度上獨尊、保存並發揚毛利族的文化。走進奧克蘭市內的博物館，大大的牆上開宗明義地標明出台灣與紐西蘭的地理位置，更重要的是，標出毛利人與台灣原住民的近親關係：民族學家追溯，毛利人的祖先是由南太平洋的波里尼西亞乘船而來，並首先發現、居住紐西蘭，而這也是台灣原住民的祖先所來之處。除此之外，到紐西蘭就算沒有參訪毛利文化村，看毛利電視台，至少也要品嘗道地的毛利美食。奧克蘭市的博物館每天都有毛利歌舞表演秀，你除了當觀衆，還可以上台表演，是票價最便宜的毛利文化參訪地點。

（文：藍麗娟、Iris）

# 約翰的難忘大禮

←飛行不應該只是坐在飛機上，狀態如身處陸地般不動如山；
而是如同一隻學飛的雛鳥，
鼓起勇氣，克服對未知的恐懼。

我買了一個熱水壺送給房東約翰，附上一張畢卡索卡片，寫著我即將離開的決定，也希望這個小禮物可以幫助他身體更健康。

第二天，桌上放著同一張畢卡索卡片。約翰在卡片反面寫道：他不需要這水壺，他覺得我可以留下來，如果我眞的要離開，他會很難過。

我看了卡片，覺得很傷心，因爲，約翰竟然把我在西班牙買的典藏畢卡索卡片塗得亂七八糟！我眞是對不起畢卡索！幸好我沒有送他更珍貴的哥雅（Goya）卡片，否則我會更傷心。

我沒料到，過了幾天之後，約翰回送了我一個令我畢生難忘的大禮物！

## 肥料飛機初體驗

一天早上，約翰說，他聽說一名也叫約翰的肥料飛機駕駛員會來附近的鎮上執行空投（Topping）任務，「五十一歲的約翰從十幾歲駕駛肥料飛機至今，執勤經驗豐富。妳如果有興趣，他可以帶妳飛。」

紐西蘭已經觸動我對飛行的熱愛，令我對飛行念念不忘。搭乘肥料飛機？我怎能不躍躍欲試？

來到停機坪，視野豁然開朗——比半個台北松山機場還大的枯黃草地在眼前展開，向四周的長排防風林綿延。

兩、三輛貨車翹起貨櫃，一股腦地向一方草地上傾洩白皙的肥料，堆成半層樓高的小丘。「草很喜歡這種肥料，很甜的。」一位年輕工作人員對我說。

風輕吹，肥料揚起，朝我顏面直撲而來。我屏息閉氣，深怕肥料吹進嘴巴裡。

此時，遠方天際傳來轟隆響聲，一架土黃色「士」字形飛機張開雙翼，如大鷹在空中忽左忽右盤旋，飛越高聳的防風林，往肥料堆飛來。愈接近地面，轟隆引擎聲愈是震人耳膜。幾秒內，機頭高速轉動的螺旋槳愈益迫近，愈轉愈慢，畫下休止符。

我原以為肥料飛機與駕駛教練機一樣大，此際，矗立眼前的黃色飛機，完全出乎我的意料。它的雙翼是駕駛教練機的兩倍長，駕駛艙有三倍高，尾翼則是三倍長。我感覺我像是走進汽車駕駛駕訓班，說好要學開 March，結果卻來了一輛 VOLVO 大卡車，後

面還拖著一長條貨櫃。

我張大嘴巴，瞠目結舌，不料，地上的白色肥料竟隨風飛進我的口腔，幾乎嗆住喉管。

砰！駕駛艙右邊小窗由上而下彈開，「妳好嗎？」駕駛員約翰探出頭來。

「你好，我是Goya！」我向上仰望。

機身突然震了一下，原來是怪手移動到駕駛艙前端，約翰打開駕駛艙前方的一個方形開口，肥料就嘩啦啦地倒入機艙。

「快上來！」約翰示意我上飛機。

## 勇敢嘗試冒險吧！

在太陽下山之前，他必須將肥料空投完畢。我低頭看著我穿的裙子，暗恨自己穿了裙子。我怎麼會知道肥料飛機比駕駛教練機高上三倍呢？我撐開及膝的裙子，吃力地伸腿成一百二十度，腳仍然搆不上駕駛艙門。窘困之際，一位工作人員索性把我的臀部往上推，約翰則伸手將我一把「撈」進駕駛艙。我想我是「春光外洩」了。

「赫！」一進駕駛艙，我隨即又驚出一身冷汗。

原來，這駕駛艙比March汽車駕駛座還小，只有一支類似汽車排檔桿的控制器，控

制飛機起降與方向，控制器前方羅列幾排圓形的儀表板，除此之外，前方與左右兩側，就是好幾面大窗，毫無遮蔽或隔板，與駕駛教練機全然不同。

更令我驚訝的是：只有一個駕駛座！安全帶只有一付！

爲了容納兩個人，約翰將身體朝前傾，而我則擠進他與椅背之間的空隙，雙腿塞在艙門邊，我的雙臂無法朝左右伸直，只能弓起雙肘，右手控制相機，左手貼住左窗。我在駕駛艙中「卡緊」，動彈不得。

我沒有戴上對講機、太陽眼鏡、繫上安全帶，也未受過跳傘訓練，我的心突然發涼，我到底眞要執行人生另外一項「壯舉」，還是就此打住？而且，紐西蘭的肥料飛機失事率高，而約翰以這種單人飛機帶我飛行，顯然既冒險又違法，「爲什麼他願意帶我？」我疑惑著。

約翰卻先拋出另一個問題：「聽說妳一個人從國外跑來這裡，我想妳應該是很有勇氣；是不是因爲妳是記者的關係？」約翰問我。

「我只是想來嘗試不同的冒險，做一些人生不會遺憾的事！」我說完，似乎也說服了自己：就勇敢嘗試冒險吧。

其實，我跟約翰前胸貼後背地擠在機艙還是小事，眞正令我難受的是高溫。

年初，紐西蘭北島的豔陽下，溫度極高。我們在緊閉的駕駛艙中等待起飛，汗水不

斷從毛孔滲出，頓時，艙中瀰漫著鹹鹹的汗味。我感覺自己不僅像沙丁魚罐頭般擁擠，而且正在以「高溫高壓塡充」，只差沒用眞空包裝。

此刻，怪手的漏斗退離視線，肥料塡充完畢。

約翰艱難地轉動頸子問我：「準備好了嗎？」

「好了！」我喊。

## 青天上未知的恐懼

前方視野，螺旋槳飛快轉動，約翰輕推控制器，飛機轟隆隆地往前滑行。我向右窗看去，防風林一閃即逝，我們彷彿開車飛快向前衝；不同的是，隨著速度加快，兩旁的防風林愈來愈矮，愈來愈矮，我感到一陣輕盈，我們躍上高空了，一下子，防風林後面的大山全都現了形，再看防風林，卻像是小草堆。

前方，環繞我們的是藍天，一朵雲都看不見，風啪啪地由窗隙滲進來，起飛前的熱氣與窘困早已不知蹤影。

往下看，澄靜的懷拉拉帕湖（Lake Wairarapa）映照著天空的澄藍，湖邊是廣袤的草地，黃綠相間。

我還來不及思忖此行與上回乘坐駕駛教練機有什麼不同，突然，飛機並未橫越整座

大湖，反而來個大迴轉，往後朝起飛處後方的高聳山頭飛去。飛機不斷爬升，眼看就要撞上山頭，我的心怦怦跳。

此時，飛機卻輕盈地攀過山尖，極目是毫無障蔽的開闊藍天，往下一看，我們正飛在一處狀似漏斗的縱谷上方，兩側是傾斜山坡，種著一望無際的乾黃牧草。

我尚在讚嘆眼前美景，突然，飛機像是失去重力，猛力向下俯衝；接著，重心向左傾斜，貼著左側山坡，低空飛行，山坡上的短短牧草幾近清晰可辨。

我的胃一緊，臀部飄離座椅，全身重量先擠向約翰，再壓向右窗。

什麼是驚恐？

我有如佇立枝頭、第一次學飛的雛鳥，原本躍躍欲試，充滿著冒險的勇氣，沒想到躍下枝頭，卻讓直直陷落的身軀驚得無心學飛，震顫不已。彷彿幾秒之間，才發現高度不斷下降，引擎聲轟隆作響，飛機已然飛越防風林，朝停機坪飛去。

白色的肥料堆看似愈來愈大，愈來愈大，從白糖堆變成肥料小山，眼看著機頭就要撞上肥料堆與怪手，我不知不覺地喃喃唱唸佛經，驚恐得就要閉上眼睛。只見約翰往前一傾，機身在肥料堆前方十公尺處轉了三百六十度彎，飛機停止，螺旋槳啪啪啪地停下來。

我平靜下來，才發現我表面的勇敢，實際上是脆弱的；我太恐懼未知，不斷自我驚

▲草地上白皙的肥料，堆成半層樓高的小丘。

▲怪手移到駕駛艙前端的一個方形開口，將肥料倒入機艙。

▲土黃色「士」字形的肥料飛機比駕駛教練機大兩倍以上，駕駛艙卻僅容一人。

◀載我體驗施肥飛行的駕駛員約翰。

嚇，不但沒有好好欣賞壯麗山川，甚至駕機在空中撒肥料的過程都遺漏了。

「還要再飛嗎？」滿頭大汗的約翰轉頭問我。怪手慢慢湊近機頭，一股腦兒將肥料倒進機艙。

我原本作勢起身，未料他會再度邀請我飛行。

我猛點頭，定下心，這一次是雛鳥的二度飛行練習；我要給自己機會，戰勝恐懼，體驗冒險的美好。

飛機再度飛越防風林，轉個彎，在大湖上空迴轉，直直地飛向高聳的山頭。駕駛艙依舊狹窄，身體依然左撞右摔，然而我奇異地發現，這一回，我的驚恐消失了！「知道你從哪裡來，要往哪裡去，就不用擔心迷路。」一位作家曾說過。或許這就是驚恐消失的原因吧。

窗外，下方是青翠的農場，上方是炙人的豔陽，十幾隻鳥組成中隊，在下方安靜地拍翅前進。當飛機爬得更高，鳥群中隊不見了，卻見一個小小的「士」字形陰影飄在草地上，一路尾隨飛機，「那是我們的影子呢！」我開心地幾乎要狂喊出來。

飛機正在爬升，即將攀越前一次飛行令我胃抽筋的高山。屏息，體內熱血沸騰，飛機輕躍，翻過山，再度望見開闊的藍天。現在的我，是剛學會飛的鳥，才克服振翅高飛的恐懼，即將品嘗向下俯衝的震撼。

這時，飛機下墜，隨即再向左傾，幾乎是以離地十公尺的近距離貼著枯黃的左邊丘陵草原飛行。約翰按開一個按鈕，白色粉末隨機尾傾洩而出，往斜坡撒下，融入空氣中，了無痕跡。每一個小巧的顆粒飄落草原，由牧草浸潤、吸收。

原來這就是肥料的空投！

## 飛行不該只是乘坐747

「丘陵地太陡，無法開卡車撒肥料，所以雇用小飛機來撒肥料。」約翰解釋。

難怪飛機要近距離地貼地飛行，就是要確保草地吸收肥料。

肥料飛機駕駛員是危險性極高的職業，因爲貼著各種奇特的地勢飛行，只要氣流轉變，很可能一不小心即失事，所以只有天氣晴朗、氣流穩定時，才能執行肥料空投任務。而且，雇主希望任務盡快執行完畢，因此，駕駛員在一天內飛行數百趟的情形所在多有。今天，約翰從早上七點飛行，直至下午三點鐘，扣掉午休時間，飛行時數已經令人咋舌，儘管如此，廣場上的肥料仍然堆得像個小山。

丘陵盡頭是一片平原，肥料一撒而空，機身回歸輕盈與平穩。我覺得自己像隻老鷹，方才俯衝地面抓起獵物，此刻再度乘風爬升。

往下眺望，滿坑滿谷的羊群在草原上向前奔逃。在牠們眼中，這架由天而降的飛機

或許象徵世界末日到來了吧！「可憐的小羊，乖，我們不是來嚇你們的！」我的憐憫之心油然而生，早把前一次飛行的驚恐忘得一乾二淨。

飛機下方，雁字般的鳥中隊自在飛翔依舊，強風蕭蕭，我深吸一口空氣，覺知自己的安穩自在。「人眞的好渺小！卻又那麼偉大。」我由衷敬佩起萊特兄弟。

「時間能不能靜止？讓我繼續享受貼近地面、地轉天旋的拍翼自在？」這是我生平首度眞實地領會「翺翔」兩字的滋味，其美妙絕非波音747客機或駕駛教練機能比擬。

回到家，朋友珍妮打電話來惜別，聽說我的肥料飛機體驗就說：「我眞嫉妒妳有這樣的機會，這種機會連我們紐西蘭人也不常有呢！」

此行讓我領悟：飛行不應該只是坐在飛機上，狀態如身處陸地般不動如山；而是如同一隻學飛的雛鳥，鼓起勇氣，克服對未知的恐懼，才有可能轉變爲一隻忽而翺翔高空，忽而俯衝地面，貼地飛行的老鷹。

原來，生命就是一連串與未知搏鬥的歷程，歷劫歸來，方才發現「無入而不自得」的自在。

# 馬丁堡慶典上的告別

←想起這幾個月來的生活，
品酒、釀酒師給我的鼓舞、
高空彈跳、險遇山難、開飛機，
我何其幸運地擁有這麼多采多姿的生命旅程。

「妳要走啦？幸好是馬丁堡慶典之後才走。我跟妳說，妳一定要來慶典，很精采的！」馬丁堡慶典的前一天，圖書館員對我說，這個慶典已經有二十五年以上的歷史，她指點我看牆壁上一張二十五年前的慶典空照圖，鎮中心擠滿了人車。

每年二月，馬丁堡舉行嘉年華會式的慶典。今年，鎮中心擺了兩千三百個以上的攤位，有吃有玩，預計將湧入上萬人。

前幾天，我陸續向朋友道別，「妳該不會不回來了吧！」釀酒師朋友克里斯汀問我。我不知該怎麼回答，只說，觀光簽證到期，的確是該走了。

「妳大可以留下來啊，等到被移民局抓走再說。」馬可在一旁開玩笑。

「是啊，被抓進牢裡，我還可以寫一本書，書名叫作：一個台灣女作家在紐西蘭牢裡

▲馬丁堡慶典前一天，用白粉在地上畫方格子標示攤位。時尚飲酒餐廳前的地上攤位號碼剛好是 2005 。

▲慶典上的風笛隊演奏，喚起小時候對卡通小甜甜的記憶。

▲◀慶典上販賣各種馬丁堡的紀念品以及特產。

的日子。」我也跟他瞎起鬨。

一邊起鬨，感傷卻爬上心頭。

慶典前一天，我騎車到鎮中心，只見地上用白粉筆畫了一個個長方形格子，我想，這應該就是攤位了吧？我經過舊郵局大樓改建的時尚飲酒餐廳「Esq」，發現餐廳前方地上恰好寫著2005。我停下來拍了照，想要紀念這一年，我在馬丁堡遇見的人事物，我體驗了一個全新的生活樣貌。

## 如相機鏡頭般一一記下

第二天早上，跟馬可一起到慶典上。沿路有許多陌生臉孔對我們微笑、打招呼，輕易地就將歡樂的慶典氣氛傳遞給我，我的離別感傷就這樣丟開了。

慶典的攤位上，花色繽紛、各樣少見的工藝品一下子就「黏住」我的目光。馬可付了五元，加入一個草地高爾夫球遊戲，只要一桿進洞就贏得一百元，嘿嘿，不到二十秒就槓龜了。

馬丁堡的二月天有如台灣的八月天，溫度很高，天空藍得令人不知該笑還是該哭，眞希望有一朵烏雲飄過來幫大家解解熱。

見到一群穿著白衣藍裙的風笛隊，大家紛紛讓開來，等著他們表演。我對風笛的記

憶與幻想，是從電視卡通《小甜甜》開始的，每一次，小甜甜的心上人一出來，就會見到一位穿裙子的少年，伴著悠揚的風笛聲出現。小時候，小甜甜的世界就是我的世界，她的喜怒哀樂就是我的喜怒哀樂，她對風笛的陶醉，就是我對風笛的嚮往，然而，不知何時，單純的年紀早已過去，我卻還陶醉在風笛聲中，渾然忘我。

遠遠聽到有人喊我。

「Goya！妳在這裡啊！」曾經帶我去葡萄園工作的泰國朋友Aoa看到我，開心地嚷著要合照、去Pub喝酒。「我們要待到四月時葡萄收成，妳呢？跟我們一起收成吧？」

我實在不想讓她失望，但也不能說謊，我說，我要走了，恐怕沒辦法跟他們一起爲葡萄收成。歡樂的慶典似乎出現一陣沉默，Aoa轉身看著另一位朋友Tom，Tom笑了笑沒說話。Tom很喜歡傳簡訊給我，邀請我跟他們一起玩兒，也常常摘水果請我吃。可惜的是，這一段時間以來，我的心被自己佔滿了，容不下任何空間與別人分享。

「等我們回泰國，妳一定要來找我們玩喔！」Aoa拉著我的手，她的眞摯感染了我，我大聲答應：「一定會的！」

慶典的攤位上展現著各種燦爛的顏色，我專心觀察眼前百態。馬丁堡飯店前，一名男子張開大口，一口咬下半個大漢堡；馬丁堡特產中心，外地人瘋狂地購買馬丁堡特產的葡萄酒、水果醬、橄欖油；Aoa與她的先生親密地在馬丁堡飯店前合照；小仙女娃娃

在攤位上飛舞著。這些是我不會忘記的畫面，我要像相機鏡頭一樣，將它們一一記下。

我走到山邊小徑，離情依依，眼前所見的都是不捨。

想起這幾個月來的生活，品酒、釀酒師給我的鼓舞、在葡萄園工作、高空彈跳、險遇山難、開飛機，我何其幸運地擁有這麼多采多姿的生命旅程。

當一卷卷散放牧場上，狀似「孔雀咖啡捲心餅」的黃色乾草再度進入眼簾，我再度噗哧一笑，幾個月前，每個葡萄園都令我興奮不已；怎麼，最近這幾天，在我眼前所見，都是「孔雀咖啡捲心餅」？

看來，是該回家了。

# 在北方的收成聲中惜別

曾經有一顆質疑天命的葡萄，
千里迢迢地從北半球來到馬丁堡追尋自我，
馬丁堡的氣候與人文不只豐富了整區的葡萄園，
也滋養了那顆北半球的葡萄……

眼前的葡萄園被白色細網罩住，我湊近偷偷拔了一顆紫紅色的葡萄嚐一口，好甜喔！突然聽到拍翅聲，仔細一看，一隻黑色鳥突破了細網防線，大剌剌地在葡萄叢裡吃葡萄。

看來，我們倆都是歡欣雀躍的葡萄賊！

我站在北島奧克蘭近郊的葡萄酒產區：古木（Kumeu Valley），這裡的氣溫比馬丁堡高，日照時間也比馬丁堡長，葡萄也比馬丁堡成熟得早，即將收成的葡萄園，空氣中洋溢著一種豐收的興味。

沒想到在馬丁堡等不到收成，我來到北邊的古木，還是等到了。

不知道馬丁堡的朋友們現在好嗎？

離開馬丁堡當天，我騎單車到鎮上做最後巡禮，此情此景伴我數月，是我生命中最美麗的風景。我把遮陽帽送給泰國朋友Aoa，最後回到住宿家庭，與馬可握手道別，直到離開時，一路淚流不止，無法言語。

如果問我，此行有什麼遺憾？

我會說，遺憾的是忘了帶兩瓶馬丁堡的好酒離開。

如果問我，未來有什麼期望？

我會說，希望有一天，我能喝到二〇〇五年份的馬丁堡產葡萄酒。

因爲，這一年，有一顆質疑天命的葡萄，曾經千里迢迢地從北半球來到馬丁堡追尋自我，馬丁堡的氣候與人文不只豐富了整區的葡萄園，也滋養了那顆北半球的葡萄……

# 那些不會忘記的日子

我不會忘記，
想吃水果就到院子裡摘的日子，
有蘋果、葡萄柚、橘子，
還有一串串葡萄。

我不會忘記——
想吃水果就到院子裡摘的日子，有蘋果、葡萄柚、橘子，還有一串串葡萄。
我會像投手練習投球一樣，把吃剩的水果核投向果樹叢，回歸大地。

我不會忘記——
房間裡、浴室洗手台、起居室的音箱上，書架上、餐桌上與廚房的流理台，總有陣陣的鮮花香氣傳來，我總是用空葡萄酒瓶裝水插上鮮花，想換把不同顏色的玫瑰，就走進花園裡彎腰摘花的日子。

我不會忘記——
白色、桃色、紅色、粉色、黃色、殷紅色，還有象徵幸福的鈴蘭花。

打開窗戶，JACK與BEN，一黑一黃，兩條狗懶洋洋地睡在草地上的日子。

我總是莞爾一笑，像是見到好朋友般，朝牠們大喊：「Hi, Ben! Hi, Jack!」牠們會走上前來讓我撫摸長毛，我會輕輕地對牠們說中文，我知道牠們聽得懂，因爲牠們仔細聆聽。

我不會忘記——

每天起床時撥開窗簾，看強風吹彎庭院的粗樹枝，聽鳥兒不斷鳴唱的日子。

我期待那裡停著我熟悉的黑色四輪傳動越野車，那是自由、率性與探索的興味，然後我一轉身，思索當天是不是要繼續賴床。

我不會忘記——

晨起打開冰箱，拿出兩顆蛋打在煎鍋上，輕輕撒上鹽巴的日子。

我在茶壺裡放進一匙紅茶葉，端起黃色的熱水壺，爲自己沖泡一壺清晨的水分。偶爾有人問我：「Would you like some tea?」我會說：「Yes, Please, Thank you!」而他會記得我不加糖，只加牛奶。

我不會忘記——

剛洗好的衣服夾在晾衣架上曬太陽，風卻吹得晾衣架旋轉飛舞的日子。

我蹲在草地上端詳，竟覺得衣服的影子像是在上演一齣美妙的默劇。

我不會忘記——

每天把牆壁上的電話線接到餐桌上的電腦，撥接上網，收電子郵件的日子。

人們總是被迫玩跳繩，或是繞道而行，而我總照例詢問：「你們要用電話嗎？」

我不會忘記——

每天開著電視，總是定在音樂頻道的日子。

三十一台的J2是Our kind of music，播放一九七〇年代至今的暢銷歌曲：Tears for Fears、George Michael、Eagles……引我想起青少年時期的偶像崇拜。

一〇二台的古典音樂，是專心寫作的安神藥方，我偶爾也聽聽三十台的Juice TV的Keane與Cold play，傾聽青少年族群的心情。

我不會忘記——

在街上看到fish and chips的招牌，總衝動地想要買一份來吃的日子。

然後因爲把自己餵得太飽、太膩，一邊站起來捧著肚子，一邊喃喃自責。

我不會忘記——

我走進樂透彩劵攤買樂透的日子。

我說過中獎了一定會慷慨的分紅，第一特獎要先幫大姐買房子、買車子，剩下的錢再帶回台灣。

我不會忘記——

第一次到馬丁堡圖書館找資料的日子。

圖書館員一聽我是台灣來的記者，熱心地幫我找資料。

而我看著桌上一大堆書，懊惱自己竟然到第三個禮拜，才想到使用圖書館。

我不會忘記——

鄰居一大早砍樹、燒木頭，或是在葡萄園裡對狗大呼小叫的日子。

如果我想要，我可以赤著腳走進葡萄園，跟他們聊起天來。

我不會忘記——

紐西蘭人赤腳開車、走路、踩在大地上，卻將鞋子穿進屋子，踩上地毯的日子。

我會疑惑得不知如何是好，最後只好小聲的問他們，他們也會很疑惑的回答：我也不知道我們爲什麼會這樣，可能喜歡接近土地，但是天性又懶吧！

我不會忘記——

我騎著單車在街上閒晃，總是不小心騎到右車道，嚇到對向車輛的日子。

後來漸漸習慣左車道，卻發現回台灣、重新適應右車道的日子已經不遠了。

我不會忘記——

好友與家人來訪馬丁堡，我孤獨的心靈因暖流的澆灌而歡躍不已的日子。

不只是因爲能講我熟悉的語言，更因爲情誼的無私與美好，融化我脆弱的心。

我不會忘記——

我回房睡覺之前，房東或室友祝我：「Sleep well!」的日子。

我會想起在台灣時，睡前在床上講電話，聽著好友在電話那頭說：「我想睡了，明天再聊吧！」

我不會忘記——

第一次站在知名的淍河酒莊前面，開心地像是朝聖一般。

第一次被智能障礙小孩弄哭，第一次像幼稚園老師般被孩子們歡喜地圍著。

第一次衝口說出：「我不相信愛情，因爲我不相信人性。」結果朋友聞言，眼睛突然濡濕了，看著遠方無言。

第一次目睹洶湧的出海口，擔心被海水呑沒，

第一次抬起頭就看見滿天的星星，獵戶座那麼清晰可見，那麼晶翠迷人……

我不會忘記——

你輕輕地來，也輕輕地離開的日子。

我的期望與失望終於潰堤，傷心與淚水隨著指尖不斷透過網路線，傳到北半球的那一端。

而我與我的釋懷也將如你，
輕輕地來，也輕輕地離開。
我必須不斷提醒自己，不要忘記：
人生應該隨時珍惜當下、讚嘆當下、活在當下，
唯有如此，
我想記得的，一定都會記得。

# 附錄一『出發前的準備』

↓

## ●簽證：

辦簽證是出發去紐西蘭玩兒最重要的一關。

申請簽證很簡單，只要帶著護照正本（護照有效期限須比從紐西蘭離境日多三個月），身分證影印本、兩吋照片一張、手續費（團體簽證費新台幣 1650 元，個人簽證費爲新台幣 2650 元，夫婦如果與小於二十歲的子女同行，一家人就視爲個人簽證，所以年輕夫妻一起去紐西蘭自由行最划算），到紐西蘭觀光局商工辦事處填妥申請書，即可辦理紐西蘭簽證，通常三天內可取件，有時一天即可取件。

如果是自由行，簽證期限通常有一年，至於停留天數，要看狀況，運氣好的話可以申請到多次進出，每次可停留三個月的多次簽，如果是跟團，則停留天數與有效期限都會比較短。

紐西蘭的簽證費用較高，是因爲近年來紐西蘭幣值狂漲，想要自由行的人，不妨將辦簽證當作紐西蘭之行的起點。

紐西蘭觀光局
地址：台北市忠孝東路五段 363 號 2 樓之 6
電話： 02-27648986
收件時間：週一至週五，上午九時至十二時。

## ●旅遊資訊：

出發前，建議先到紐西蘭觀光局去蒐集資料。觀光局大力推行「小團體旅遊」，製作了一本非常實用的「紐西蘭小團體旅遊完全小手冊」，是相當實用的參考資料。

除此之外，紐西蘭觀光局設置的多國語言官方網站(www.newzealand.com)，選擇繁體中文版，可以找到許多有用的資訊。

## ●何時去紐西蘭：

紐西蘭位於南半球，九到十一月是紐西蘭的春天，十二月到二月是夏天。以我的經驗，我會說，一年四季都好玩。

如果想要把握時間，建議可選擇九月到二月。因爲春夏的紐西蘭日照長達十五個小時，睜開眼睛就是可以體驗生命的時刻，你會像我一樣，貪玩到不肯入睡。而且夏天也是杏桃、李子、草莓、藍莓、葡萄等溫帶水果成熟的季節，一公斤香味四溢的杏桃大約新台幣五、六十元，光是吃水果就很過癮。

夏天正逢耶誕節、元旦及過年時刻，也是台灣人到紐西蘭的旅遊旺季，這段時間的機票也會較春、秋貴。雖然機票價格較高，但在夏天是以十五小時對九小時（秋天與冬天的日照時間是九小時），換算下來，平均每小時的價值是更高的。比如許多旅遊景點或好玩的水上活動設施開放時間變得更長，時間的彈性較佳。一般而言，每年十二月到隔年三月，紐西蘭城鎮都

會舉辦節慶，像是各種嘉年華會或是豐收季活動。

如果是上班族請長假，或沒有任何工作束縛，建議選擇十月至四月前往，機票價格比較便宜，如果待一、兩個月，可以體驗紐西蘭的春末夏初。二月底或三、四月的紐西蘭，原野上、農場裡的樹葉轉紅，美的像詩，眞的不容錯過。

如果純粹爲了省機票費用，或是爲了休息、沉澱，秋天或冬天是不錯的選擇。南島可以看雪、和當地人一起品酒、看橄欖球賽，也是與當地人成爲好朋友的好時機。還有，千萬不能錯過產季在冬天的奇異果，一大袋金黃奇異果，只要台幣四十五元，很難想像吧？光是吃奇異果就值回機票價。

## ●住宿：

先決定你想去哪裡玩，再決定使用什麼交通工具或住宿。可以參考以下網站：

紐西蘭觀光局 www.newzealand.com

紐西蘭旅遊網 www.nz.com

紐西蘭旅行周遊 www.travelpass.co.nz

規劃好路線，先決定住宿：

紐西蘭官方認證之旅館系統 Qualmark 評網站 www.qualmark.co.nz

青年旅社 www.yha.org.nz

另外也可以直接洽詢紐西蘭旅遊資訊中心 I-SITE 網站 www.visitorinfo.co.nz ，這是官方機構，在全國有 100 多個景點，幾乎每個鄉鎮與觀光景點，都可以見到掛著這個招牌的服務中心，可以透過這個網站規劃交通路線，也可以代訂旅館參觀景點。

如果不想開車或是沒有時間上限的人，建議選擇火車，再轉搭公車或渡輪等交通工具，是經濟實惠的選擇：www.tranzrail.co.nz

個人建議，背包族可以搭 Kiwi Experience 巴士，這是一個每天繞行不同景點的巴士，可以隨時下車，玩夠了，等明天同一時間，再搭上巴士到下一個景點即可：www.kiwiexperience.com。

另一家公司 Magic Traveller 則提供一年效期的巴士券，往來於各重要景點的青年旅館與背包旅館之間，可在各站任意上下車：www.magicbus.co.nz

國內線飛機可以上紐西蘭航空 airnz.co.nz ，澳洲 Quantas 航空。機場門口除了計程車之外，也會有方便的機場巴士。

要租車，可以參考：www.aaguides.co.nz

www.avis.com

www.hertz.com

●住宿方式（紐幣計價）：

Homestay 住宿家庭，事先慎選，聯絡願意接待的住宿家庭，可以貼近當地人與當地人共同生活，熟悉當地文化，文化交流。通常每週付 180 元紐幣含早晚餐。華人家庭則費用較高，200 元起跳。 www.homestay.co.nz

Farmstay 農場寄宿，事先聯絡預約，可以與主人一起體驗農場生活，費用不等。 www.farmstay.co.nz 。

Cottage 鄉村小屋：獨立鄉村小屋，屋內提供房間與廚房，體驗一日至數日的鄉村生活。

www.cottagestays.co.nz 每晚 100-400 元左右。

B&B 住宿加早餐：提供簡單的住宿與早餐，但是並不是眞正的旅館，所以如果需要任何服務，最好事先講明或預訂：www.bnb.co.nz

●其他參考資訊：

任何與紐西蘭相關事物：www.google.co.nz

簽證及入出境相關事物：

紐西蘭移民局 www.immigration.govt.nz

紐西蘭海關局 www.customs.govt.nz

紐西蘭檢疫局 http://www.maf.govt.nz/quarantine/

氣象電話查詢：www.whitepages.co.nz

●金錢：

新台幣：紐幣的匯率爲22-23：1

紐幣鈔票分爲50、20、10、5及100元,硬幣則爲1、2、5、0.1、0.2及0.5元。

購物商場與大城市才有提款機。銀行營業時間爲早上九點半到下午四點半。

●時差：

三月中到十月初，紐西蘭時間比台灣快四小時，也就是說，紐西蘭的晚上十一點，你可以跟MSN上的台灣朋友聊天。

十月初到三月中，紐西蘭比台灣快五小時，所以如果你一大早起床上網，台灣的夜貓子朋友們可能都還掛在MSN上呢。

●搭乘什麼班機到紐西蘭：

我常常使用足跡百羅網 www.zuji.com.tw 來訂機票，紐西蘭有三個國際航空站：北島北端的奧克蘭，北島南端的威靈頓，或是南島的基督城。

如果遊玩的主要行程在南島，建議坐澳洲的 Qantas 航空或是華航，先飛澳洲，再轉飛南島的基督城。好處是可以先到澳洲玩一玩。

如果遊玩的主要行程在北島北端，建議坐長榮航空或是紐西蘭航空直飛奧克蘭，或是坐國泰航空在香港機場停留一、兩個小時轉機飛奧克蘭；搭乘新加坡航空或是馬來西亞航空要在新加坡或吉隆坡轉機，停留一晚，第二天才有飛機飛到奧克蘭。如果要到北島的威靈頓，有三種方法：先飛奧克蘭，再搭國內班機到威靈頓；或是先飛澳洲，再轉飛威靈頓；先飛澳洲，轉飛基督城，再轉飛威靈頓。

在網站上搜尋最低票價時必須注意，有些轉機手續過於複雜，台北先飛吉隆坡，住一個晚上，第二天再飛紐西蘭的行程。新加坡航空雖然服務很好，價格高一些，但是也還是要等到第二天才轉飛紐西蘭。其實，如果沒有時間限制，建議其實可以以遊玩的心情，先到第三地玩玩再去紐西蘭。

如果有時間限制，價格敏感度不高，不喜歡轉機，可以選擇紐西蘭航空與長榮航空聯營的直飛班機，淡季時經濟艙價格約三萬兩千元到三萬五千元，旺季則是三萬五起跳，有時候會

高到四萬以上。

我通常會綜合考慮到轉機的方便性與價格，最後選擇了國泰航空，淡季時，不含兵險，機場稅等其他費用，不超過兩萬八千元，雖然需要轉機，但是因爲台灣飛香港的班次多，只要選擇離香港飛奧克蘭的班機最近的台北飛香港班機，就會省下許多時間。如果搭乘國泰航空，想要過境停留到香港迪士尼玩玩(可選擇紐西蘭回台灣時，在香港停留)，也是不錯的選擇。

**●用電：**

220伏特，最好事先在台灣購買變壓器與V型插孔，以免電器無法使用。

# 附錄二『到紐西蘭度假打工』

（本文感謝孫國瑞協助蒐集資料）

↓

澳洲、紐西蘭政府都與台灣政府簽訂青年度假打工協定，如果你的年紀在30歲以下，就符合申請度假打工簽證的資格了！

紐西蘭的打工機會很多，可以依照你本身條件與需求來決定要從事哪一類工作。

● 園藝 Gardening：

條件：不是農家出身沒關係，只要會分辨雜草即可。紐西蘭家家戶戶都有庭院，而且非大城市所在地、家戶大多會種果樹。這個工作需要利用除草機除掉太長的雜草，有時候需要以人工來拔除，有時候也需要種種花與果樹。

優缺點：優點：不必繳稅。缺點：日曬太強。

外語能力：低

薪資（紐幣）：時薪 10-15 元

上班時間：早上 10 點至晚上 12 點，兩週一次。

哪裡找：大學校園（有時候必須出示大學學生證）

### ●超市人員

條件：超市全年都在找人。當地小孩唸中學之後即可在超市打工，男生主要是整理貨架，將貨品就定位，女生或數學能力佳者主要擔任收銀人員。台灣的英文主要是美語，在紐西蘭可從同事對話中學到正統英文，在超市工作第一個月也許聽力還「霧沙沙」，但是第二個月就會進步神速。

優缺點：優點：快速增進英文能力。缺點：需久站，薪水不高。

外語能力：中

薪資（紐幣）：18 歲以下薪水較低（15 歲時薪 5 元，18 歲時薪 7 元）全職周薪 40 元。

上班時間爲排班制，一天排班 8 小時，中間有 2-3 小時的休息時間，分布在早、中、晚，當地人稱爲 tea break。簽約時可以聲明不願意在週末排班。

哪裡找：超市一年四季都在徵人，但是不一定會貼公告，所以必須要到超市主動詢問。

### ●接（送）車人員

條件：租過車吧？客人在 A 地租車，B 地還車，接車人員必須把車子開回 A 地。紐西蘭的租車公司很多，服務也很方便。

優缺點：優點：可以一邊工作一邊玩。

外語能力：低

薪資（紐幣）：以「距離」計薪，比如奧克蘭到漢彌頓（Hamilfon）爲30元，奧克蘭到羅吐魯阿（Roforua）40元。

上班時間：依照case而定

哪裡找：洽詢租車公司。

## ●倉管

條件：電腦公司倉庫需要人員盤點與紀錄，通常一人專門盤點，把貨物裝上貨架；一人專門紀錄。

優缺點：優點：領現金。缺點：沒有溝通互動練英文的機會。

外語能力：低

薪資（紐幣）：時薪13元。

上班時間：月底或年底的盤點時間。

哪裡找：洽詢各店家。

## ●咖啡店

條件：端盤子不是一個簡單的工作，店家需要人的時段通常是用餐時間，客人多，如果沒有在一定時間內把餐點給出來，或是英文不流利，聽力不好，可能會引發客訴。但是如果咖啡做的好，或是西式餐點做的好，或許可以在廚房或是櫃檯後面工作。如果沒客人，也要兼顧擦桌子、打掃等工作，閒著會給人不專業的印象。

優缺點：優點：練英文聽力的好機會。缺點：時間壓力大。

外語能力：中～高

薪資（紐幣）：時薪 8-12 元。

上班時間：排班。

哪裡找：各店家詢問。如果咖啡店不願雇用華人，那是因爲擔心你的英文能力不足，而非種族歧視。

## ●Pizza 外送

條件：會開車且熟悉當地路況的人，可以擔任 Pizza 外送員。一個訂單（order）送出去可拿到 4 元，如果把鄰近的訂單都在同一趟送出，一趟出門可以送 3-5 個 order。運氣好的話，一個晚上可以賺到 100-200 元。但是因爲油錢自付，所以最好規劃出最短的路程。

優缺點：優點：可以熟悉當地，運氣好可以賺不少錢。缺點：油錢自付。出車禍機率高。

外語能力：低

薪資（紐幣）：一個 order 可賺 4 元。

上班時間：平日。

哪裡找：一年四季都在徵人。

## ●調酒師

條件：須具備調酒師執照，至少要會基本的 50-60 種調酒。

優缺點：體驗夜生活，可以練英文。

外語能力：中

薪資（紐幣）：價格另議。

上班時間：晚上。

哪裡找：洽詢各店。

## ●潛水教練

條件：須具備潛水夫執照。紐西蘭到處都是海與湖泊，水上運動是他們的最愛。各國觀光客到紐西蘭時最喜歡學潛水，近年華人到紐西蘭旅遊的人次多，會說中文又會潛水的人擔任潛水教練，市場行情很好。

優點：薪水高。

外語能力：高

薪資（紐幣）：價格另議。

上班時間：平日排班。

哪裡找：洽詢各店。

## ●農場或葡萄園工作者

條件：紐西蘭的農場或果園分布在全國各地，雖然已經採用機械耕作或收成，但是仍需要許多人力。從春天開始，葡萄園就需要人力照顧葡萄藤直到秋收。在奇異果園、杏桃園、蘋果園更是隨時都需要人力照顧。

優缺點：優點：薪水高。缺點：工作地點通常是在偏僻鄉下。

外語能力：低

薪資（紐幣）：時薪 10 元起跳。

上班時間：日制。

哪裡找：洽詢各農場。

## ●中文教師

條件：須具備中文教學證書，可以提前寫履歷給紐西蘭的中學。目前中國與紐西蘭的貿易往來頻繁，許多中學已經開設中文第二外語課，正需要有耐心的中文老師。

優缺點：優點：利用中文專長。缺點：需是先在台灣取得以英文教中文的資格。

外語能力：高

薪資（紐幣）：價格另議。

上班時間：每周上五天課。一年有四個長假。

哪裡找：各校詢問。

# 我想跟你走

文字．攝影◎劉若英

定價 250元

有些隻字片語，我的一點心意，

確實漂到了另一座島，到了你那裡。 ——劉若英

這是一個屬於敏感女人的小宇宙，劉若英將她的孩童時光、情感連結、音樂與旅行，化為底片、文字變成一張生命的地圖，呈現在你的眼前。不管是老房子歲痕、和生活搏鬥的底層浮世老兵，或是午後的薄陽，透過劉若英的攝影和書寫，得到一種「休戚與共的」感覺。現在她要將這份感覺帶給你，伴隨著溫暖的記憶，讓我們跟劉若英一起走。

# 鐵胃高山峰
## ——在中國的故事

高山峰◎著

定價 299 元

一千多個日子主持「在中國的故事」裡那個充滿燦爛笑容的高山峰，這次要親筆寫下比螢幕上更勁爆的旅遊經驗。不僅翻高山、渡大河，還要體驗邊疆民族的奇風異俗、吃遍各地古怪奇特的佳餚：帶你進入槍砲彈藥的寮國實地實戰、親眼目睹少數民族漆齒、割禮和牛頭祭，還要品嚐生烤牛皮、辣炒羊眼等。現在，就打開第一頁，讓高山峰細說從頭……

# 新　井　一　二　三　作　品

## 東京上流

翻開文化的、流派的、環境的東京，發現東京不是一個「地方」，而是一種「概念」，不是電車 JR 交織，而曾經是一座美麗水城，不是華麗冷漠，是新井一二三永遠可愛的家鄉。

定價 200 元

## 午後四時的啤酒

「緩慢生活」的概念，讓你從中發現不一樣的生命動能，也可以發現原來這樣生活也很有意思。書中有緩慢生活六法則，幫助你在忙亂的生活中找到另一種可能。

定價 200 元

## 我和閱讀談戀愛

引介日本文壇多種面貌的閱讀面向，書中提及許多耳熟能詳的作家及作品，利用簡潔輕鬆的方式，帶領我們進入閱讀的世界，無論現實生活多麼紛亂忙碌，依舊要停下腳步，跟閱讀談場戀愛。

定價 200 元

## 東京時刻八點四十五

你是否可從一天的菜單看出一個女人的本事？是否從流行的電視劇了解現在的日本家庭？這是一段屬於女性的心靈療傷之旅，藉由她的觀點，讓我們多一些思考的方向，開啓你我的閱讀大門。

定價 200 元

# 新井一二三作品

## 123成人式

這是新井一二三的成人式，也是你我的大人之路。每一段故事都走得傷痕累累，卻是青春的眼淚和摸索。新井一二三寫給自己，也寫給你的成長散文，如果你有遠景和目標，那麼未來絕對是可以自己創造的。

定價 200 元

## 東京的女兒

她生在澀谷紅十字產院，童年在北新宿，中學在高田馬場，大學就讀早稻田，在六本木劇場發現上海，到加拿大後想念櫻花，去 KTV 一定點唱＜東京搖籃曲＞。遊走世界異地的她，當人問她是誰？她一定驕傲的回答：我是東京的女兒。

定價 200 元

## 讀日派

從「教室崩壞」、「學校崩壞」到「家教崩壞」，當代日本社會已經瀕臨「崩壞」邊緣？爲什麼日本出版市場上，只有「殘廢」和「壯絕人生」得以暢銷？日本的潮流一直是台灣的潮流，但在這些變動中，我們看見另一種不同的派別思緒。

定價 200 元

## 可愛日本人

戀愛教主山田詠美，永遠抓住年輕人的心；村上春樹每天上百封電子郵件，寫了六千多封回信；柳美里逼視生存本質，爲了生命的誕生和再生，她要盡量獻身；在這些日本文人裡，新井爲我們打開一扇接近幸福的窗口。

定價 200 元

# 新 井 一 二 三 作 品

## 櫻花寓言

一個用中文寫作的日本人，對生活有著怎樣的體驗？每個人都有機會選擇自己想要的生活方式，對新井來說，她選擇了自己想要的人生，在書中我們讀到的文化差異、對家鄉的鄉愁、對愛情的想法、朋友的故事……都是青春歲月裡的勇氣寓言。

定價 200 元

## 東京人

離鄉背井的新井一二三恨不得做個外國人，拼命學習外國語，學習外國人的生活方式，但是在外國人的眼中，她還是一個土生土長的日本人，角色的矛盾讓她在海外的生活更形與眾不同。新井一二三自己說，這本書可以說是她的青春紀念冊，一個用中文寫作的日本人，讓我們一起來讀期中的甘苦美味。

定價 200 元

## 心井・新井

集結了在中國時報人間副刊的專欄文章，書中的內容多描寫女性對傳統觀念的眞實感受和對社會現象的省思，懷想親情溫暖和懷舊的情愫。將女性累世的傳統包袱與生活歷練的觀察，在過往來的城市間逐字記錄，在城市遊走中體驗生命。

定價 180 元

# 褚士瑩作品

## 旅行教我的十一堂課

褚士瑩紀錄每段旅程的精采見證，像Ricky的音響店、薰衣草森林的兩名女生、古董車玩家，還有賭城的太陽馬戲團、旅行筆記大公開等等，不斷活用練習之後，歡迎你加入元氣地球人家族。

定價220元

## 元氣地球人—從飛機到公車

從二十多歲爲了「想要」探索世界而去旅行；到了三十歲，爲了個人成長，因爲「必要」而去旅行；四十多歲以後，因爲被「需要」而旅行，不論是哪一個階段，都沒有比旅行，表達對這世界的讚美和感謝更好的方式。

定價220元

## 元氣地球人

幾乎所有人都夢想環遊世界，但是多數人都向現實屈服，如果可以靠自己的能力讓夢想實現，那一定要堅持去做。集結三十一篇發生在世界角落的故事，褚士瑩多年來游牧世界的眞實感受。

定價220元

## 爲自己的幸福而活—褚士瑩的孢子精神

在一段海上的旅程中，找到人生所失去最重要的一部份，並不是找回過去的自己，而是某些人激勵了他，雖然人生一切歸零，但每一天都是重新開始的航行。那就是新人類的孢子精神。

定價200元

## 鍾 文 音 作 品

### 寫給你的日記

一個單身女子離開家人與愛人、朋友，置身動盪不安與陌生的紐約，生活裡的酸甜苦辣，架構脫軌的眞實人生。讓你眞切體會依個人在異地的掙扎與找尋自我的喜悅。翻開書本跟著她走入紐約，更深入一個城市的眞面貌。

定價 220 元

## 曾 玲 作 品

### 勇闖天涯的愛情

從一天一封電子郵件的豐富傳情開始，擦身而過的九二一大地震和英國火車意外事件，讓台灣的曾玲和瑞士的羅曼立下了下七輩子都要在一起的誓言。海洋冒險女曾玲，每天在宛如童話世紀的瑞士，種菜種花包餃子說德文，浪漫生活雖然常會「出槌」，曾玲的異國新鮮事卻常溫暖你我的心。

定價 200 元

### 小惡童日記

故鄉在花蓮玉里，從小在青山綠野長大，養的寵物是深山裡的小松鼠，哥哥沒事還會幫小貓頭鷹帶便當，玩具是自己組合出來的牛糞定時炸彈，玩的是水鴛鴦接力賽，曾玲寫下所有童年的溫馨回憶，帶你重回過去的時光隧道，她說：「這是一本關於童年的書，記錄的是小時候那些已經不會再回來的甜蜜時光。」

定價 200 元

# 曾　玲　作　品

## 乘瘋破浪

航行在藍色的大海中，傾聽海洋的聲音、感受海洋的味道，但必須要具備刻苦、幽默，化危機爲轉機的看家本領，趕快打開這本書陪曾玲《乘瘋破浪》航海去！

定價 190 元

## 大腳丫驚險記

沒有外國奇異風景、沒有歡樂享受，卻有感人眞摯的故事，教你在地也可以烤五花肉、搖搖雞，教你做竹筒飯、汽水飯、海苔披薩，現代人的野趣與冒險全在這裡。

定價 180 元

## 小迷糊闖海關

一個美麗的女水手，跟自戀迷糊的烏龍船長，加上啤酒肚的億萬富翁，以及年輕英俊的潛水教練，這群訓練有素的天兵團在海上興風作浪，闖出一連串、一籮筐的抓狂鮮事。

定價 180 元

## 玩出眞感情

每天，我的心和藍天、大海一樣，澄淨如一塊藍琉璃。如果天堂有顏色的話，一定和我的心是同一個顏色。一段段度假的小故事，爲你開啓不同的視野。

定價 180 元

美麗田 089

不上班去釀酒——葡萄園教我人生四堂課

作者：藍麗娟
發行人：吳怡芬
出版者：大田出版有限公司
台北市 106 羅斯福路二段 95 號 4 樓之 3
E-mail:titan3@ms22.hinet.net
http://www.titan3.com.tw
編輯部專線（02）23696315
傳真（02）23691275
【如果您對本書或本出版公司有任何意見，歡迎來電】
行政院新聞局版台業字第 397 號
法律顧問：甘龍強律師

總編輯：莊培園
主編：蔡鳳儀
企劃統籌：胡弘一
編輯：李星宇
美術設計：張珮萁
校對：陳佩伶/耿立予/余素維

印製：知文企業（股）公司 TEL:(04)23581803
初版：二〇〇六年（民 95）一月三十日
定價：260 元

總經銷：知己圖書股份有限公司
（台北公司）台北市 106 羅斯福路二段 95 號 4 樓之 3
TEL:(02)23672044 · 23672047 FAX:(02)23635741
郵政劃撥
戶名：大田出版有限公司 帳號：22604591
（台中公司）台中市 407 工業 30 路 1 號
TEL:(04)23595819 FAX:(04)23595493

國際書碼：ISBN 957- 455-952-1/ CIP:855 / 94021229
Printed in Taiwan

國家圖書館出版品預行編目資料

不上班去釀酒——葡萄園教我人生四堂課／藍麗娟著；－－初版.－－臺北市：大田，民95

面；　公分.－－（美麗田；089）

ISBN 957-455-952-1(平裝)

855　　94021229

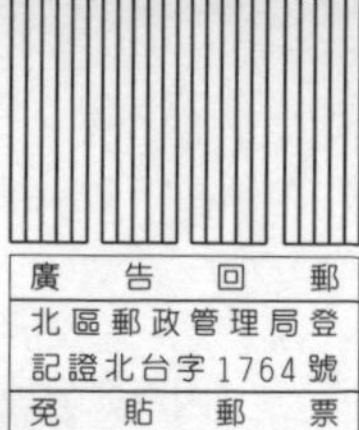


**大田出版有限公司　編輯部收**

地址：台北市 106 羅斯福路二段 95 號 4 樓之 3
電話：（02）23696315-6　傳真：（02）23691275
E-mail ：titan3@ms22.hinet.net

地址：

姓名：

＊請沿虛線剪下，對摺裝訂寄回，謝謝！

智 慧 與 美 麗 的 許 諾 之 地

※請沿虛線剪下，對摺裝訂寄回，謝謝！

閱讀是享樂的原貌，閱讀是隨時隨地可以展開的精神冒險。

因為你發現了這本書，所以你閱讀了。我們相信你，肯定有許多想法、感受！

## 讀者回函

**你可能是各種年齡、各種職業、各種學校、各種收入的代表，**
**這些社會身分雖然不重要，但是，我們希望在下一本書中也能找到你。**

**名字／**＿＿＿＿＿＿ **性別／**□女 □男 **出生／**＿＿年＿＿月＿＿日

**教育程度／**＿＿＿＿＿＿

**職業：**□ 學生 □ 教師 □ 內勤職員 □ 家庭主婦
□ SOHO族 □ 企業主管 □ 服務業 □ 製造業
□ 醫藥護理 □ 軍警 □ 資訊業 □ 銷售業務
□ 其他＿＿＿＿＿＿

E-mail/＿＿＿＿＿＿ 電話/＿＿＿＿＿＿

**聯絡地址：**＿＿＿＿＿＿

**你如何發現這本書的？** **書名：不上班去釀酒──葡萄園教我人生四堂課**

□書店閒逛時＿＿＿＿書店 □不小心翻到報紙廣告（哪一份報？）＿＿＿＿

□朋友的男朋友（女朋友）灑狗血推薦 □聽到DJ在介紹＿＿＿＿

□其他各種可能性，是編輯沒想到的＿＿＿＿＿＿

**你或許常常愛上新的咖啡廣告、新的偶像明星、新的衣服、新的香水……**
**但是，你怎麼愛上一本新書的？**

□我覺得還滿便宜的啦！ □我被內容感動 □我對本書作者的作品有蒐集癖
□我最喜歡有贈品的書 □老實講「貴出版社」的整體包裝還滿 High 的 □以上皆非 □可能還有其他說法，請告訴我們你的說法

＿＿＿＿＿＿＿＿＿＿＿＿

**你一定有不同凡響的閱讀嗜好，請告訴我們：**

□ 哲學 □ 心理學 □ 宗教 □ 自然生態 □ 流行趨勢 □ 醫療保健
□ 財經企管 □ 史地 □ 傳記 □ 文學 □ 散文 □ 原住民
□ 小說 □ 親子叢書 □ 休閒旅遊 □ 其他＿＿＿＿＿＿

一切的對談，都希望能夠彼此了解，否則溝通便無意義。
當然，如果你不把意見寄回來，我們也沒「轍」！
但是，都已經這樣掏心掏肺了，你還在猶豫什麼呢？
**請說出對本書的其他意見：**

大田出版有限公司編輯部 感謝您！

U0018213